メンヘラが
愛妻エプロ
着替えたら

Character

Name.

琴坂静音

晋助の部屋に通うメンヘラ女子。

Name.

愛垣晋助

東京で一人暮らしをしている大学二年生。

Name.

柳生浩文

晋助が大学に入学して最初にできた男友達。

Name.

九条千登世

晋助の幼馴染であり、姉のような存在。

単刀直入に言うと、この家に……『通いたい』の

ぷふっ！　変な顔だなぁ
ほれは、ほまえが……
惚れた、もうダメだ……？
えっ、アタシに？

静音は表情一つ変えず、唐突に、当たり前のように、
上に着ているダボダボのパーカーを脱ぎ捨てて、
上半身だけ下着姿となった。

「私の体、見たくない？　胸は大きくないけど、
代わりに形はそこそこ綺麗な方だと思うよ……？」
静音は程良く膨らんだ胸を見下ろしながら、
ブラジャー越しに右手で撫でる。

「……あっ」
扉を開けた先で視界に
飛び込んできたのは、静音の裸体。
体の細部に至るまでの膨大な情報が、
脳の奥底にまで素早く刻み込まれていく。

メンヘラが愛妻エプロンに着替えたら

花宮拓夜

角川スニーカー文庫

23444

口絵・本文イラスト／Nardack　口絵・本文デザイン／栗原高明（LUCK'A inc.）

プロローグ

中学一年生の春、僕には初めて恋人ができた。

交際期間は、おおよそ一ヶ月半。

あれから約七年経《た》った今でも、彼女と過ごした日々の記憶は脳の奥底にまでべったりとこびり付いている。忘れたくても、簡単には忘れられない。

入学式が行われた体育館で、僕は一人の女の子に一目惚《ひとめぼ》れした。

色白な肌と整った顔立ちに、艶やかな長い黒髪。赤いフレームのメガネが印象的で、同級生とは思えない知的さがその身からは溢《あふ》れ出ていた。

一学期が始まりしばらくすると、クラス内では自然とグループが出来始める。

大体は小学校からの友達、部活仲間、近くの席になった人と過ごすようになり、僕はバスケ部に入部していた事もあって、部員達と一緒に休み時間は行動していた。

しかし、彼女は違った。

部活動にも所属していなければ、前後左右の席の人と話している様子もなく、同じ小学校出身の人とさえも関わりを持っていない。

彼女はどこのグループにも属さず、休み時間は静かに本を読んでいた。

入学当初には彼女に関わろうとする人も数人いたが、その対応はお世辞にも友好関係を築けるようなものではなく、日が経つにつれていっそう孤立は深まっていく。

どうにかお近付きになりたいと僕も思ってはいたのだが、常に一人でいる彼女には近寄りがたさがあり、いつしか高嶺《たかね》の花《はな》のような存在へと認識が変わっていった。

彼女に話しかける話題もなければ、挨拶をする度胸すら持ち合わせていない。気付けば彼女を目で追うだけの日々。──だが、そんな僕にも転機が訪れる。

中間テスト後に行われた席替えのくじ引きで、僕は幸運にも彼女の隣の席を引き当てたのだ。……が、会話ができなければ隣の席になったところで何一つ意味がない。

机と椅子を移動して彼女の隣に座ると、僕は必死になって話題を考えた。

その結果、深入りするべきではない彼女のデリケートな問題に、無知でデリカシーもまともに備えていなかった僕は、いとも容易《たやす》く足を踏み入れてしまう。

いや、むしろそう簡単には無視ができないくらいに、当時の僕にとっては衝撃的なものだったのだ。

「その傷……どうしたの？」

彼女の「手首」の異変に気付き、考えるより先に口が開いてしまった。

手首に刻まれていたのは、無数の傷痕。

彼女は僕の質問に目を丸めて、一瞬だけ驚く。直後、どこか安心したようにほんの少し涙を浮かべ、柔らかく微笑《ほほえ》んだ。

リストカット――刃物で自ら肌を切り裂く、自傷行為。

自傷をする理由は様々だが、心の安定を得るために行為に走る人が多いそうだ。

そんな彼女もまた、心の安定を求めてリストカットをする一人だった。

投げかけた質問に彼女は初め「自分で切った」と端的に答えたが、さらにその理由を問うと、表情を曇らせる。それから数秒の沈黙の後、彼女は家庭環境に恵まれず、その生活から生じたストレスを発散するように自傷行為を始めたのだと、僕に語った。

自分自身の事のように彼女の身の上話に真剣に耳を傾けていると、たった数分の間で彼女が僕に心を開き始めたのが分かった。

彼女は家庭環境のせいで人間不信に陥り、教室内でもクラスメイトと関わるのを恐れ、避けていたらしい。だが、家だけでなく学校でも孤独な状況に置かれているのがたまらなく辛《つら》かったのだと、溜《た》め込んでいた気持ちを吐き出した。

その日を境に、彼女は僕に積極的に話しかけてくるようになった。

家庭環境に対する不満や相談事、それ以外にも勉強や趣味についてと会話が日に日に積み重なり、僕達の心の距離は急速に縮まっていく。

そこから僕と彼女が付き合うまで、そう長い時間はかからなかった。

移動教室の授業では必ず二人で行動し、給食の時間も二人だけで会話をし、休み時間までも彼女と二人きりで過ごす日が次第に増えていった。

バスケ部の練習で放課後はおろか土日であってもデート時間を作る事ができなかった僕は、埋め合わせのつもりで学校では彼女の傍《そば》に居続けた。

一般的な中学生らしい、ウブで甘酸っぱい幸せな生活。今思えば、長い時間を二人で過ごしていた事によって、互いに依存し合っていたのだろう。

彼女との時間が増えていくにつれて友達との関わりは徐々に減り、多少の疎遠感を覚えてはいたのだが、彼女が隣にいたから特に辛くは感じなかった。

ただ、人間関係から生じた幸せは案外脆《もろ》いもので、ちょっとしたきっかけ一つで呆気《あっけ》なく終わりを迎えてしまう事もある。

部活が完全オフの日、僕は彼女の趣味であるイラストレーターの画集集めに、近所のショッピングモールへと待望の初デートに出かけた。

ワンピース、ニーハイソックス、厚底のレースアップシューズ――黒を基調としたアイテムを全身に纏《まと》って待ち合わせ場所に現れた彼女の姿は、今でもよく覚えている。

赤いフレームのメガネに代わって黒目を大きく見せるコンタクトを入れ、目の下には赤いアイシャドウでうっすらと色を付けていた。

普段とはかなり違った雰囲気に若干戸惑いはあったが、それよりも彼女のプライベートの姿を知れた嬉《うれ》しさの方が勝り、内心密《ひそ》かに喜んでいたものだ。

デートが始まってしばらくは、本当に幸せだった。

本屋で今日の目的を果たした後はフードコートで腹を満たし、雑談を交わして笑い合いながら施設内を巡っていく。——しかし、その途中で事件は起こった。

幼馴染《おさななじみ》の女の子からかかってきた一本の電話が、僕のスマホを震わせたのだ。

そこで初めて、僕は彼女の「特殊性」を目の当たりにしてしまう。

彼女はショッピングモールの通路で、突如として泣き叫んだ。

僕が彼女以外の異性と連絡を取っていた事を知り、取り乱してしまったらしい。

その場で話し合いを試みるも僕の声は彼女の耳になかなか届かず、時間をかけてどうにか一旦は理解してもらえたものの、この事件は僕達の関係に大きな亀裂を生んだ。

その出来事から彼女は、僕を執拗《しつよう》に束縛するようになった。

教室で彼女以外の女子と少しでも話そうものなら人の目を気にせず泣き喚《わめ》かれ、酷《ひど》い時には筆箱の中からカッターを取り出し、自身の手首に刃を這《は》わせた。

クラスメイトは彼女を気味悪がり、僕達に向けられていた視線は今まで以上に冷たいものへと変わっていく。

彼女はそんな視線など一切気にしていない様子だったが、精神面でまだまだ幼かったあの頃の僕には、あまりに耐えがたい状況だった。

そうして僕はいよいよ限界を迎え、ある日の放課後に彼女を教室へと呼び出し、別れを切り出した。しかし、そう簡単には別れさせてもらえない。

彼女は言葉にもならない声を上げ、自殺未遂にまで走ってしまった。

駆け付けた教師のおかげで最悪の事態は避けられたが、あの日の記憶は痛烈に脳裏に刻み込まれている。

その後、彼女は一年生を終えるまでの約半年間、一度も学校に顔を出さなかった。

僕は子供ながらに責任を感じ、不登校になった彼女の身を案じてはいたのだが、連絡も取れなければ家の場所も知らず、結局大した行動は起こせなかった。

二年生に進級してからの初登校日、廊下に貼り出されたクラス分け表で彼女の名前を探したが見当たらず、教師に尋ねてみると「転校した」と一言だけ告げられた。

……とまぁ、これが僕の初めてできた恋人との思い出である。

別れた日を最後に彼女とは一度も会っていないし、今更会いたいとも思わない。

ただ一つ、彼女は僕の心に一生ものの「傷」を残した。

それは、「メンヘラ女子」に対するトラウマ。

メンヘラ——正式名称、メンタルヘルス。

心に何かしらの問題を抱え、精神面が不安定に陥っている状態。

僕が「メンヘラ」という単語を知ったのは、彼女と別れた後にバスケ部でしていた雑談の中からだった。

詳しく調べていくと彼女の性格や言動にはメンヘラの特徴に当てはまる部分がかなり多く、自分はメンヘラ女子と付き合っていたのだと後になって分かった。

重い、面倒臭い、関わるべきでない——世間から溢れ出た否定的な印象。とはいえ、この時期はトラウマもまだ軽度なもので、少しばかり苦手意識を抱いている程度であった。

中学三年生の時、僕には再び恋人ができた。

彼女は明るい性格で友達も多く、悪い噂《うわさ》も聞かない優等生で、委員会が一緒になったのをきっかけに親しくなった。

バスケ部に好きな人がいるからと恋愛相談を受けるようになり、そこから会話を重ねるうちに恋心が僕へとシフトしていったらしく、告白をされて付き合い始めた。

だが、その交際はたった三週間で幕を下ろす。

デート予定日にバスケの試合が急遽《きゅうきょ》入り、部活を優先したところヒステリーを起こしてしまったため、別れを告げた。

最後に恋人がいたのは、高校一年生。

彼女はアパレルショップでアルバイトをしていて、職場での人間関係の相談を受けていくにつれて仲が深まり、交際に発展した。

しかし、その期間は二回目よりも短い一週間だけだった。

スマホの中身を勝手に覗《のぞ》かれた上に異性の連絡先を全て削除され、底知れない恐怖を感じた僕は逃げるようにして彼女との関係を絶った。

メンヘラ女子に対して抱いていた軽度のトラウマは失恋をする度に徐々に肥大化していき、三人目の恋人と別れた後には嫌悪感を覚えるほどにまでなっていった。

そんな中で、僕はどうしてもある先入観を持たざるを得なくなる。

僕が付き合った三人のメンヘラ女子には、共通する二つの特徴があったのだ。

二つの特徴──「地雷系ファッション」と「リストカットによる傷痕」。

地雷系ファッションをあえて取り入れて楽しんでいる人もいれば、ちょっとした出来心や若気の至りでリストカットを試してしまったという人もいるだろう。

それらの特徴があるからといって、その人がメンヘラであるとは本来であれば決め付けてはいけない。……けれど、一度抱いてしまった先入観は、そう簡単には拭えなかった。

先入観から地雷系ファッションをした人と、リストカットの痕がある人に対して苦手意識を抱くようになった僕は、同一の特徴を持つ相手を目にすると意図的に距離を取り、徹底して関わりを持たないようにし始めた。

しかし、いくら二つの特徴を避けたところで、地雷系の見た目でもなく、リストカットの経験もないメンヘラだって、世の中にはたくさん存在する。

高校一年生での交際を最後に恋愛に消極的になった僕は、特徴を持たない女子との関わりすらも次第に避けるようになっていった。

仮に誰かと付き合えたとしても、また同じ結果になるような気がして怖かった。

これまでの事情をよく知る幼馴染は、誰彼構わず相談に乗っているから過度な依存を受けて失敗するのだと、僕に言う。

確かに僕は相談を受けたら断れない性格で、どうにか解決して助けたいと考えてしまう。

だがそれは一概に悪い性格であるとも言い切れず、改善しようにも難しい。

きっと、僕には恋愛そのものが向いていないのだ。

トラウマを克服した未来も、誰かと付き合っている姿も、想像すらできやしない。

大学二年生になった今も尚《なお》、僕は過去のトラウマに縛り付けられていた。

メンヘラな女子と出会ったら

「あぁー……彼女欲しい」

「切実だな」

「そりゃ、大学生なら彼女くらい欲しくもなるだろ？」

「大学生って、そんなものなのか？」

「満場一致でな。可愛《かわい》い彼女を作って、あわよかなくてもヤらせていただきたい」

「何だよ、その日本語。てか、単に性欲を満たしたいだけじゃねぇか」

二本の缶コーヒーをローテーブルの上に置いた僕は、床の上で仰向《あおむ》けになりながら丸出しの欲望を口にする友人を横目に、クッションへと腰を下ろす。

僕――愛垣晋助《あいがきしんすけ》は、東京の大学に通う一般的な大学二年生。

出身は埼玉で、大学進学前の三月に都内に引っ越した。

実家から大学までは電車通学でも行き来できる範囲にあるのだが、両親の援助もあって大学付近のマンションで一人暮らしをさせてもらえている。

部屋は六階建ての二階にあり、リビングはキッチンと寝室を兼ねているものの十分な広さ。エントランスにはオートロックが付いていて、スーパーやコンビニ、商店街に駅なんかもマンションから割と近い。大学生にしては贅沢《ぜいたく》すぎるくらい、好条件の物件だ。

僕の通う東京城下大学の立地は東京とはいっても二十三区外に位置し、地方民の大多数が想像する青山や立教のような大都会のイメージには当てはまらない。だが、埼玉の田舎《いなか》育ちの僕にとってはむしろそれが心地よく、理想の大学生活を謳歌《おうか》できていた。

「にしても、晋助はいいよなぁ。こんな立派なマンションで一人暮らしとかよぉ」

気だるそうに起き上がって缶コーヒーを手に取り、柳生浩文《やぎゅうひろふみ》――大学に入学して最初にできた友人は、「不公平だ」とでも言わんばかりに唇を尖《とが》らせた。

「初めて部屋に上がった日から今日まで、毎回同じ事を言ってるな」

「それほど羨ましいんだって。大学が近けりゃ、朝もギリギリまで寝てられるしよ。俺なんて登校に二時間もかかるから、一限の日なんて五時起きだぞ？　それに何より、女を連れ込むにも丁度いいしなぁっ！　実家住みじゃ女なんて連れ込めねーしよぉ！」

「後半の欲望の方が強いのはよく分かった」

仮に浩文がこの立地のマンションに住んでいたとしても、性欲が服を着て歩いているようなこいつの誘いには、まず誰一人としてまともな女子は乗ってこないだろう。

顔はそれなりに整っていて、筋肉質で体格も良い。それでいて気さくで話しやすい性格だというのに、全ての長所が性欲によって相殺されている。

「言っておくけど、僕が部屋に上げた異性は母さんと妹くらいだからな」

「宝の持ち腐れだな。俺が家主なら毎日のように女子大生と教授をキャンパスからお招きするぞ？　この部屋の壁だって男女のハレンチな行為を間近で見られる日を待ち望んでいるだろうに、可哀想《かわいそう》な事この上ないぜ」

「そんな欲求不満な壁があってたまるか！　……というか、お前に見境はないのか？」

「教授だろうがレディだろ」

だからって教授までお招きするな。

「しっかし、本当に晋助は勿体《もったい》ないよなぁ。折角《せっかく》の大学生活なんだし、彼女の二、三人くらい作ればいいのによぉー」

「彼女は二、三人も作るものじゃないだろ」

「……あ。でも、晋助に彼女ができたら、ここにいれる時間が減るよな……？　それに先を越されるのはムカつくし……。やっぱ晋助は彼女を作るべきじゃないな！」

「全部お前の都合じゃねぇか……」

「冗談だって。もしも彼女ができたら、その時は盛大に呪ってやるよ」

「そこは祝ってくれよ」

「けど、どうせ彼女なんか作る気ないんだろ？」

浩文は顎に手を当てて、僕の顔をジッと見つめた。

「……いきなり何だよ。顔にゴミでも付いてるか？」

「俺ほどじゃないけど、晋助も割と顔は良い方だよな」

真剣な眼差《まなざ》しに、思わずゾッとする。

「お前、まさか……」

「勘違いすんな。俺は生粋の女好きだ」

そんな事で胸を張るな。

「いやさ、ちょっと不思議に思ってよ。晋助って意外と性格良いだろ？　相談にも乗ってくれて、面倒見も良いし。モテる要素は揃《そろ》ってんのに、どうして女を作らないわけ？」

「彼女を作るのが全てってわけでもないだろ？　それに、今は大学と家事、あとはバイトなんかもして、その上でようやく貴重な『練習時間』を捻出してるっていうのに、そこから彼女と遊ぶ時間なんて、とてもじゃないけど作れそうにないしな」

「練習ばっかしてても、女がいないと本番はできないぞ……？」

「お前の思考回路は下事情でしか構成されてないのか？」

「世の中の大学生なんてこんなもんだ。……つか、大学生なのにそこまで下事情に興味がないってのも、考えものだと思うぞ？」

浩文は床に手をついて脱力し、憐《あわ》れむような視線を僕に向けた。

「今は彼女を欲しいと思ってない、ってだけだよ。性格や趣味が合う『普通の人』に出会えたら、また付き合いたいと思う日が来るかもな」

女子との関わり自体を避けている僕に、そんな未来がやって来るとは思えないけれど。

「つまり大学内に性格と趣味が合う相手がいないから、誰とも付き合いたくないと？」

「まぁ、そうなるのかな」

「だから理想の彼女を作ろうと『イラストの練習』をしている、ってわけだな」

「偏見が強すぎるだろ！」

イラストレーターを何だと思っているのだ。

「そんな声を荒げるなって。……んで、最近はどうなんだ？　絵の上達具合はさ」

「……ぼちぼち、だな」

イラストレーターは、僕が中学一年生の頃から思い描いていた夢である。

初めてできた恋人からの影響を受け、ゲームや小説に登場するキャラクターを描く職業に憧れを抱き、高校生の頃から本格的にイラストを描き始めた。

その夢は卒業後に専業イラストレーターとして活動していこうと考えていたくらい本気で向き合っていたものだったが、高校での進路選択の時期に両親から「絵ではなく安定した仕事に就いてほしい」と言われ、結局は大学進学の道を選んでしまった。

ただ大学進学したからといって夢を諦めたわけではなく、高校時代と同様にネットの情報や書籍を参考にして独学で練習に励み、学生をしながら引き続き夢を追っている。

だが、今の僕は上達に伸び悩み、スランプに陥っていた。

周りにイラストについて相談できるような相手がいれば少しは違ったのだろうが、生憎《あいにく》そんな都合の良い相手は知り合いにいない。

毎日の練習は欠かさずしているものの、僕は現状に限界を感じていた。

「おいおい、表情暗いなぁ。ツイッターのフォロワー、最近は伸びてないのか？」

ローテーブルの上に置いていた僕のスマホに、浩文は指を差す。僕はスマホを手に取ってアプリを開き、アカウントページを彼に見せた。

「ようやく八千人に届いたけど、そこからは特に変動なしだな」

「それでも、こんだけフォロワーがいるんだもんなぁ。描いてるキャラもクソ可愛いしよぉ……。『マジで晋助が描いたのか？』って毎度疑いたくなるわ」

イラストを描き始めた頃から、僕はツイッターで「シン」という名義のアカウントを用いて、作品の投稿を続けている。

最初はなかなか良い評価を得られなかったが、根気強く投稿してきた結果、数回ではあるが「バズり」を経験し、去年ようやくフォロワーが八千人台へと突入したのだ。

「これだけフォロワーいたら、オフパコの誘いとか大量に送られてきそうだよな。実際のとこ、ぶっちゃけどうよ？」

「『イラスト投稿用のアカウントだ』って言ってるよな？　ネット上に顔すら公開してな

いのに、そんな誘いが届くはずないだろ」

「つまんねーの。俺だったら知名度を武器かつ餌にして、手当たり次第に出会いを求めている可愛い女の子のアカウントにダイレクトメッセージを振《ふ》り撒《ま》くぞ」

「お前に知名度があったら、しょっちゅう炎上を起こしてそうだな。そもそも、そんなホイホイと出会いを求めている女子とやらのアカウントなんて見つからないだろ」

「チッチッチッ。実はそうでもないのだよ、ワトソン君」

どこのホームズだよ。

浩文は得意げに自身のスマホをポケットから取り出し、レクチャーするように僕に画面を向けてきた。

「晋助もイラストを投稿する時に『#』を付ける事あるだろ？　『#拡散希望』とか『#イラストレーターさんと繋《つな》がりたい』とかさ」

彼の言う「#」の記号をSNS上で投稿文の初めに用いると、「タグ付け」という機能を使用する事ができる。

タグ付けでは同じワードが含まれている他者の投稿内容を瞬時に検索にかけられ、逆にそのタグを経由して他者に自身の投稿を認知してもらいやすくもなる。

「これ、見てみろよ。このタグで検索すると、可愛い女の子のアカウントとか出会いを求めてる子のアカウントがめちゃくちゃヒットするんだよ」

浩文がタグ検索したのは、「#彼氏募集」という投稿だった。

JK、JD、OL、ギャル系に清楚《せいそ》系、そして地雷系と、様々な系統の女子の自撮り画像が、スクロールされる画面に次々と映し出されていく。

「世の中には彼氏募集中の女の子がこんなにもいるってのに、どうして俺の前には彼氏を募集している女の子が現れないのか、甚だ疑問だね」

「お前だからだろ」

「いつにも増して辛辣だな！　……でもよぉ。この手の画像を載せる子って、結構可愛い子多いと思わねぇ？」

浩文は「ほら」と、再び画面を見せてくる。

「……そうか？　どれも加工アプリで顔変えてあるし、本当に可愛いかなんて画像だけじゃ判別できないだろ」

「晋助の言う通り、確かに強めに加工された画像が大半だ。けど、ほとんど加工されてない画像だってちょくちょくあるぞ。例えばこの子！　どうよ、可愛いだろ？」

「タイプじゃないな」

「なら、この子はどうだ？　金曜ドラマに出演してる新人女優に似てる子！」

「芸能人はよく知らないし、その人もあんまりだな」

「だったら、この子なんていいんじゃないか？　あの琴坂《ことさか》さんに似てるし！」

「誰だよ、その琴坂さんって」

「火曜の二限で一緒に講義受けてるだろ⁉」

「そこらの芸能人以上に知らねぇよ……」

浩文から振られる女絡みの話題に飽き、僕はスマホ画面から部屋の壁に掛かっている時計へと目をやった。

「そろそろ夕飯の支度でも始めるかな」

僕はおもむろにその場から立ち上がり、キッチンへと歩き出した。

このまま会話を続けていたら、深夜にイラスト練習をする時間が減ってしまう。

「今日も自炊するのか？」

「ああ。外食ばかりじゃ食費だけで生活がきつくなるからな。じいちゃんが家庭菜園で作った野菜を今月も仕送りしてくれたから、それを食べるよ」

「本当に良い子だなぁ、晋助君は」

「君付けで媚《こび》売りするな。らしくなさすぎて気持ち悪い」

キッチンに立った僕は冷蔵庫を開けて、残っている食材を確認した。

「どうせ今日も食べていくつもりだろ？　暇なら洗濯物でも畳んでおいてくれ。家事を多少なりとも手伝うんだったら、夕飯をご馳走《ちそう》してやる」

「はぁ、お前が女だったらよかったのにな……」

「僕が女だったら、まずお前を部屋には上げないけどな」

☆

火曜日の二限は、倫理学の講義を履修している。

僕と浩文は講義室に入ると肩を並べて座席に座り、雑談をしながら開始のチャイムが鳴るのを待っていた。

浩文以外の友達がキャンパス内にいないわけではないが、講義や休み時間は彼と行動している事が多い。

学部が同じだからというのもあるが、なんだかんだ波長が合っているのだろう。でなければ、入学してから毎日のように関わり続けられているはずがない。

「晋助、見てみろよ。今講義室入ってきた子、めちゃめちゃおっぱいデカいぞ！　ショルダーバッグでパイがスラッシュされてるしよぉ！」

縁を切るべきか、たまに本気で悩む時はある。

「講義室で発情するなよ。悪目立ちするから」

「悪い悪い。次からは耳打ちで伝えるわ」

「同じくらい迷惑だからやめてくれ」

この注意だって、一体何度目になるか分からない。

「ほんと、この大学の女子はレベル高いよなぁー。特に教育学部ッ！　あぁー、いいなぁ……。俺も文学じゃなくて、性教育を学びたいぜ……ッ」

「教育な」

倫理学の講義は全学部生が履修できる科目のため、僕と浩文が所属している文学部以外の学生も多く受講している。

「教育学部って、そんなに可愛《かわい》い子が多いのか？」

「去年の学祭、覚えてねーの？　ミスコンの上位は教育学部の子ばっかだったろ」

「興味なさすぎて、誰がミスコンで優勝したのかも知らないぞ」

「学祭の目玉なのに⁉」

浩文は「信じられない」と言わんばかりに掌《てのひら》で机を叩《たた》き、僕に顔を近付けた。避けるように顎を引いて、彼の肩を摑《つか》み元の位置まで押し返す。

「でも、ミスターコンの結果だけはしっかり覚えてるぞ。浩文が自己推薦でエントリーして、一票も入らずに惨敗した記憶だけはな」

「それはもう忘れろ！」

肩を摑んだまま浩文と目線を合わせ、僕は挑発するように嘲笑《あざわら》った。彼は一瞬にして頰《ほお》を赤く染め、逃げるように講義室の扉の方へと顔を背ける。

「……お？」

直後、浩文は何かを見つけたらしく、覗《のぞ》き込むように体を前のめりにした。彼の声と視線につられ、僕もその方向へと視線を向ける。

「……っ」

僕はわずかに椅子から腰を浮かし、動揺をあらわにした。

視界に映ったのは、名前すら知らない一人の女子学生。

彼女は通路を迷いなく進み、徐々に僕と浩文の座席へと接近してくる。

どこか見覚えのある異様な雰囲気に、全身がひどく強張《こわば》った。

特徴的なデザインをしたトップスとミニスカート、厚底シューズ、トートバッグ、チョーカー、髪飾り――黒を基調に統一されたアイテムの数々。

服装とは対照的に色白な肌と、その目元には赤いアイシャドウ。

髪色は一際異彩を放つ灰色がかった白で、ハーフツインにセットされている。

繊細に作り込まれた人形が歩いているかのように、僕は一瞬錯覚してしまう。

それほどまでに、彼女のビジュアルは完成されたものだった。

ただ、そんな彼女との距離が縮まるにつれ、僕の心拍数は徐々に早まっていく。

服の内側には熱がこもり、冷や汗がツーッと流れたのが感覚で分かった。

「おいおい、マジかよ……？　今日はだいぶ近くの席だな！」

僕達の数列前の座席に、彼女は腰を下ろす。周囲に友達と思わしき人は見当たらず、様子から察するに一人で講義を受けるようだった。

「いやぁ、これはツイてるなぁ。こんな近くで拝める機会、滅多《めった》にねーのによ」

「……な、なあ。有名人とかなのか、あの子？」

最小限まで声を抑え、いつになく興奮している浩文に耳元で問う。

「まさか晋助、琴坂さんも知らないのか……？　二年の教育学部の中でもトップクラスの可愛さだし、『ミスコンに出場したら上位枠確定だ』って、かなり有名だろ？」

「琴坂さん……？　どこかで聞いた覚えがあるような……」

「そりゃあ琴坂さんレベルの有名人なら、名前くらい聞いた事があっても……いや、待てよ？　あ……そうだ、あの子だよ！　昨日、晋助の部屋で俺が話題に出した子！」

「あ、あぁー……」

言われてすぐに思い出した。

ネット上に投稿されていた一枚の自撮り画像。浩文の言っていたその子に似ているという女子は、この人の事だったのか。

「間近で見ると、本当に似てるよなぁ」

浩文は昨夜のようにポケットからスマホを取り出してツイッターを開き、僕に例の画像を見せようとスマホを傾ける。

「お前、この投稿に『いいね』してたのか……」

「可愛かったから、ついな」

浩文は「てへへ……」とお茶目《ちゃめ》に頭を掻《か》き、鼻の下を伸ばした。

気色悪い浩文の反応に眉を寄せつつ、僕は改めて画像を覗く。

さっき見た琴坂さんの顔を頭に浮かべ、画像の女子と比較した。

「……確かに、顔は似てるな」

「だよなぁ！　まぁ実際、この画像の子なんかより、リアルモノホンの琴坂さんの方が断然可愛いけどなッ！」

「おい、声がデカいって……っ！」

視界の隅に彼女の姿を残し、自身の鼻先に人差し指を立てる。そのまま数秒間、僕は彼女の様子を窺《うかが》いながら、今日までの講義の風景を思い返した。

「……あのさ。琴坂さんって、この講義に今まで出席してたか？」

「あん？　どういう意味だ？」

「周りの人に対して興味がない僕でも、あんな目立った服と髪色をした女子が講義室内にいたら、さすがに認知できてたと思うんだけど……」

「あー、そっか。倫理学の講義を白髪で受けるのって、何気に今日が初めてか」

「……？　今日が初めて……？」

「あの子、その日の気分で髪色を決めてるらしいぞ。基本は白髪で過ごしてて、黒髪の気

分の日はスプレーで染めてるんだと」

「……なるほど」

黒髪でしか今まで登校していなかったのなら、認知できていなくても無理はない。

それはそうと、わざわざ黒染めスプレーまで使って髪色を気分によって変えているなんて、ファッションに無頓着な僕からしたら到底考えられないな……。

「すげぇよなー。日本人だから黒髪が似合うのは当然っちゃ当然だけど、あそこまで派手な髪色でも似合っちゃうなんて」

浩文は胸の前で腕を組み、琴坂さんに目を向けながら感心したように頷《うなず》いた。

服とメイクの雰囲気が髪色にマッチしているのもあるだろうが、元々の顔立ちも相当良いからこそ、人形を思わせるほどの完成度に仕上がっているのだろう。

「なぁ、晋助。本当にツイッターの子と同一人物だったりしねーかなぁ？」

「そんな奇跡みたいな巡り合わせ、あるはずないだろ」

「でもほら、見てみろよ。画像の子も東京住みだし、可能性あるって！」

「お前は東京在住者がどれだけいると思ってるんだ？」

琴坂さんの住まいが東京だとは限らない。東京の大学に通っているというだけで、近隣の県から通学している可能性だって大いにありえる。

「アカウント名は、『コトネ』……か」

浩文が目の前に差し出したスマホを手に取り、投稿された画像と文章を一通りぼんやりと眺めた。

画像に映されたコトネは、黒が基調のセーラー服を着用している。下ろされた黒髪とナチュラルなメイクからは、清楚《せいそ》で真面目そうな雰囲気が醸し出されていた。

投稿文には「#東京在住　#17歳　#JK　#裏アカ女子　#彼氏募集　#パパ募集」と、タグ付けがされている。

その投稿には多くの「いいね」が付けられ、リプ欄には何件ものメッセージが届いていたが、それらは全て明らかに彼女よりも年上の男達からのものだった。

どことなく犯罪臭を感じると同時に「こんな子でもパパ活をしているのか」と、見た目と行動のギャップについ驚いてしまう。

「投稿文からして高校生だろうし、琴坂さん本人ではないだろうな」

「それもそうだよなぁ。てかさ、琴坂さんってやっぱり友達いないのかねぇ？　この講義もいつも一人で受けてるみたいだし」

「へぇ、そうなのか」

「琴坂さんの隣が丁度空いてっし、折角《せっかく》なら移動しようぜ！　俺、この機会にお近付きになりてぇわ……っ！」

「僕はここで待ってるから、浩文一人で頑張ってこいよ」

座席から立ち上がった浩文を、僕は冷たくあしらった。

「ノリ悪いなぁ。晋助は何もしなくていいから、一緒に行こうぜ？」

何もしなくていいのなら、尚更《なおさら》一緒に行く必要はない。

「悪いな。次は僕も協力するからさ」

「とか言って、いつもついてきてくれねーくせによぉ！」

「そうだったか？」

拗《す》ねた表情を浮かべた浩文に対し、とぼけたように首を傾《かし》げる。

「まぁ、今回ばかりは本当に無理だな」

机の上で頬杖《ほおづえ》をつき、琴坂さんの背中に目を向けた。すると彼女は不意に後ろを振り返り、僕はうっかり視線を合わせてしまう。

「……？　晋助、体調でも悪いのか？」

慌てて顔を伏せると、浩文は僕に声をかけてきた。

「いや、それは大丈夫。大丈夫だけど……」

歩いてくる彼女が視界に入った時、僕の身には確かに異変が起きていた。

心拍数が早まったのも、冷や汗が流れたのも、原因は一つしか考えられない。

中学一年生の時に付き合った初めての恋人の存在が、頭の中を覆う。

「苦手なんだよ、ああいうタイプって」

琴坂さん——地雷系のファッションをした女子大生。

内に秘めていたトラウマが、胸の奥底からジワジワと溢《あふ》れ出る。

彼女には関わるべきでないと、本能が僕に警告しているようだった。

☆

地雷系ファッションは「メンヘラファッション」と言い換えられる事もあり、それらは「闇（病み）可愛い」をコンセプトとしてコーディネートされている。

基本的には黒が基調とされていて、白、ピンク、赤、紫のような色と組み合わせている場合が多く見受けられる。

メイクの最大の特徴は泣き腫らした後のような赤い目元で、アイテムとしては厚底シューズ、奇抜なデザインのピアスやチョーカーなどが取り入れられているようだ。

近しい存在に「量産型」というものもあるが、明確な区別はされていない。ただ地雷系とは異なり、白やピンクが基調とされている印象がある。

「まさか、晋助があそこまで地雷系を敬遠してたとはなぁ」

昼休みの食堂にて、浩文は僕の向かい側の席に座って大盛りのカレーを食べながら、二限前のやりとりを思い返してふと口を開いた。

「僕の方こそ、浩文があいう系統の女子を気に入るとは思わなかったよ。清楚系っていうか、もっと落ち着いた見た目の子がタイプなんだと」

「それもいいけど、地雷系も悪くない。ほら、もしも地雷系の女子と付き合ったら、一途《いちず》に俺だけを愛してくれそうだしよ。それってめちゃくちゃ幸せじゃね？」

「そう単純な話でもないと思うけどな」

浩文の浅はかな考えに、僕は顔を引きつらせた。

安易に関わるべきではないからこそ「地雷」と呼ばれているのだと、浩文はよく理解しておくべきだ。

「てか、浩文は色んな女子に目移りしすぎだろ。好きなタイプとかはなしに、女子だったら誰でもいいのか？」

「誰でもいいわけはないだろ？　まぁ、同年代の奴《やつ》らと比べたら恋愛対象の範囲は多少広い方かもしれないけどよ。下は女子高生から上はシルバー手前までいけるし」

「それを多少とは言わねぇよ！」

「ドエロいボディの年増《としま》なら、一切問題ない」

「お前は結婚相手に困らなそうだな……」

フォークにパスタを巻き付けながら、僕はある意味で浩文に感心した。

「そう言う晋助は、タイプの女とかいねーのかよ？　いっつもはぐらかすけど」

「仕方ないだろ。本当に好きなタイプとかないんだから」

「強いてだよ、強いて。あえて言うならこの系統とか、何かしらあるだろ」

「強いて、なぁ……」

「目でも瞑《つぶ》って、自分に正直に思い浮かべてみろ！　そうだな、例えば……」

僕は「ちょっとくらい付き合ってやるか」と、浩文に言われた通り目を瞑る。

「下はショートパンツに、上は大きめのパーカーでラフな着こなし。外に出る時はいつもキャップを被っててー……」

言われた特徴を、そのまま脳内で組み立てていく。

「髪は肩まで伸ばしてて、色は黒と青緑のインナーカラー。そんでもって、ちょっぴり大人な雰囲気のお姉さん……なんてどう？」

「まぁ、そういう系統はどちらかと言えばタイプな方だけど——って……ん？」

浩文の声に違和感を覚え、僕は不審に思いながら目を開いた。

「あちゃ……バレちった」

「……千登世《ちとせ》、こんな所で何やってんだよ？」

目の前にいたのは、行儀悪くカレーを頬張《ほおば》っていた浩文——だけではなかった。

浩文の口を掌《てのひら》で押さえ、そこそこ似ている声真似《まね》をしていた一人の女子学生。

「く……九条《くじよう》先輩⁉」

口を解放された浩文は勢い良く彼女の方を向き、驚きの声を上げる。

「あ……手にカレー付いちゃった。晋ちゃん舐《な》め取る？」

「舐め取るわけないだろ……」

パスタのトレーに載せていた紙ナプキンを手渡し、僕は呆《あき》れて頭をさすった。

「いきなりごめんねぇ。面白そうな話してたから、つい割って入っちゃったよ」

「前にも言ったよな？　大学では話しかけてくるなって」

「えー、どうしてー？　昔は『ちーちゃん』呼びだったのが、いつの間にか呼び捨てになってるし……。もしかして、遅めの反抗期？」

「その呼び方をしてたのなんて、小学生までだったろ。それに、千登世と話したくないのは反抗期だからじゃなくて、他人に注目されるのが嫌だからだよ……」

僕は普段の生活の中で目立つような事はほとんどなく、目立ちたいとも思わない。それなのに、九条千登世――彼女の存在感は、僕にまで人の視線を集めてしまう。

千登世は法学部に所属する三年生で、僕は幼稚園から大学まで一つ年上である彼女の背中を追いかけるように同じ進路を辿《たど》ってきた。唯一違うのは大学の学部くらいだ。

僕と千登世の実家は徒歩五分圏内の距離で、幼稚園から高校までは進路が被るのも不思議ではないのだが、まさか大学まで一緒になるとは想像すらしていなかった。

親同士が同級生という事もあり、幼い頃から家族ぐるみの付き合いが続いている。歳《とし》の近さもあって、僕達はまるで本当の姉弟《きょうだい》かのように育てられてきた。

千登世も大学入学前の春休みから一人暮らしを始めていて、実のところ僕が一人暮らしをできているのは、先駆けとなってくれた彼女のおかげである部分が大きい。

しかし、似た環境で育ってはきたものの、僕と千登世の立場は真逆同然だった。
一、二年生の頃は様々なスポーツサークルに参加していたようで、大学での顔はやたらと広く人望も厚い。加えて、去年の学祭ではミスコン三位という結果を残している。
そんな千登世と話をしていれば、その相手は誰であろうと嫌でも注目されてしまう。だというのに、彼女は僕を学内で見かける度にしつこくちょっかいをかけてくる。

ミスコンの影響で千登世にはファンも多く、中には少数だが過激派もいるようで、僕と彼女が幼《おさな》馴染《なじみ》だと知り、嫉妬のあまり涙を流す者もいるほどだ。

「くそぉお……てめぇえ、俺の前で九条先輩と親しげに会話しやがってぇ……」

その涙の主は、他でもない浩文なのだが。

今日も今日とて、千登世には見えない位置から充血した瞳にたっぷりと涙を溜《た》め、物凄《ものすご》い形相で僕を睨《にら》み付けていた。

浩文からの妬みを受けるのは慣れたものだが、見ず知らずの人から憎悪剝《む》き出しの高圧的態度を取られた経験もこれまで何度かある。その時の恐怖は今でも忘れられない。

千登世が嫌いなわけではないが、キャンパス内では関わりを極力避けたいのが本心だ。

「浩文が泣くから、お前はさっさとどっか行けよ」

「まるで彼氏みたい……っ」

「こいつは女絡みになると面倒だからだ！」

「まぁ、心配せずとも浩文君の彼氏にはなれないよね。アタシみたいな見た目の女の子がタイプって、ついさっき言ってたし」

黒のキャップ、ショートパンツ、オーバーサイズのパーカー、肩まで伸びた黒髪にアクセントとなる青緑のインナーカラー、ちょっと大人な雰囲気のお姉さん。

彼女が口にした特徴は、まんま千登世自身を指していた。

「どちらかと言えば好み、ってだけだろ。どちらかと言えば、ってだけだ」

「すごい強調するじゃん。あーあ、ちょっと期待してたのになぁー」

「どういう期待だよ……」

「禁断の愛？」

「禁断ではないだろ。幼馴染ってだけで、本当の姉弟ではないんだし」

千登世は子供をからかうように、嬉々《きき》としてニタニタと笑みを浮かべた。

「つか、用がないならどこか行けよ。浩文からの殺気が段々と増してるから」

「あー、ちょい待って。今日はしっかり用があるからさ」

「ラインじゃダメな内容なのか？」

「丁度連絡しようとしてた時に見かけたから、直接伝えちゃおうと思ってね」

「……もしかして、シフトの相談か？」

「おっ！　まさしくその通りだよ」

やっぱりか、と僕は椅子の背もたれに寄りかかる。

「バイトで最近入ってきた新人の子いるでしょ？　その子、昨日から高熱を出しちゃったらしくてさ。だから代わりに今日のシフト入ってくれないかなー、ってね？」

大学の先輩後輩――実はそれだけでなく、僕と千登世はアルバイト先でも先輩後輩の関係にあった。

慣れない土地でバイト先を探していた僕は、千登世が働いているコンビニが人手不足だという話を聞いて、そのまま働く流れとなったのだ。

シフトは毎週固定で、僕は十七時から二十二時の木金日、千登世も同じ時間帯の火木日と、週に二回は同じ曜日に出勤している。

店長の温厚な人柄もあって、職場の雰囲気はかなり良い。コンビニバイト自体を「面倒臭い」とは感じても、「辞めたい」とまでは今まで一度も思った事がなかった。

「わかった。今日のシフトは僕が出るよ」

「いやぁ、悪いね。やっぱり、持つべきものは可愛《かわい》い弟に限るよ」

千登世は胸を撫《な》で下ろし、頰を少し緩めた。

「いいなぁ……。晋助は放課後、九条先輩とデートかぁ……」

浩文はテーブルに頬をつけ、無気力に呟《つぶや》く。

「バイトはデートに含まれないだろ」

「同じ時間を二人で共有できるんだろ？　それって実質デートじゃんか」

あながち間違ってはいないような気もするが、納得はできない。

「浩文君も面接受けてみたら？　土曜シフトは安定してないし、大歓迎だよ」

「俺、面接受けます」

「間に受けるな。ただでさえ浩文の家は遠いんだから」

「えー……。毎週土曜、部屋に泊めてくれてもいいんだぞ？」

「嫌に決まってるだろ……」

「夜に一人は寂しいだろ？　その寂しさ、俺が紛らわせてやるよ」

「そういう事なら、代わりにお姉ちゃんが行ってあげようか？」

「寂しくないからどっちも来るな」

毎週泊まりになんて来られたら、貴重なイラストの練習時間が失われてしまう。

そもそも、土曜日のシフトに千登世は入ってないし。

「それじゃあ、アタシはそろそろ行くとしようかな」

用件を終えると、千登世は腕時計で時間を確認する。

「ランチ中にお邪魔したね」

「ああ。それじゃあ、また後でな」

千登世は「楽しみにしてるよ」と別れ際に一言残し、小さくスキップしながら食堂の出入り口へと去っていった。

「なぁ、晋助。お前は母ちゃんと妹以外の女を部屋に入れた事がないって、前々から言ってたよな？　幼馴染なのに、九条先輩も入れた事がないのか？」

「一度もないな。お互いに時間もあんまりないし」

千登世も僕と同じく、家事と大学とバイトに追われる忙《せわ》しない日々を送っている。最近は就職活動の準備も始めたらしく、今まで以上に余裕がないようだ。

それに、千登世は実際のところ僕の部屋に本気で来ようとはしていない。

彼女は僕のイラストレーターになりたいという夢を応援してくれている数少ない一人であり、僕が何とか時間を作ってイラスト練習に励んでいる現状も知っている。

本人から聞いたわけではないが、どうやら僕がイラスト練習をする時間を邪魔しないようにと、気を遣ってくれているようだった。妙な面で律儀な性格である。

「あんな綺麗《きれい》系と可愛い系を兼ね揃えた完璧お姉さんが近くにいて、晋助はどうして付き合いたいとかならないんだ？　俺なら即お持ち帰りしてエロい展開に持ってくぞ」

「お前に姉がいたとして、恋愛対象として見れるのか？」

「いや、さすがに見れねーけど」

「それと一緒だよ」

☆

「これから五時間か……」

三限目の講義を終えた僕は一度マンションに戻り、リュックの中身を教材から制服に入れ替えて、アルバイト先のコンビニエンスストアへと向かった。

マンションからバイト先までは徒歩十五分程度と通勤するには丁度良い距離にあるのだが、大学近隣という事からこの時間帯は城下大生が多く来店する。まぁ、元々の知り合いが少ない僕からすれば、特に気になる問題でもないのだけれど。

「おはようございまーす」

「おはようございます」

　レジカウンターの奥にある事務所に入ると、少し早くに出勤していた千登世がにこやかな笑顔で挨拶してきた。僕もマニュアル通り、彼女に挨拶を返す。

事務所で制服に腕を通した僕と千登世は、前時間帯の店員から業務の引き継ぎを受けて、いつものようにレジカウンターの中へと入った。

「いやぁ、助かったよー。新人の子、私と店長以外の連絡先を知らなくってさぁ。今日は店長もいないから、一時はどうなる事かと思ったね」

「僕が出られなかったら、どうするつもりだったんだ？」

「その時は同僚に片っ端から電話かなぁ」

「面倒見が良いな。付き合いが長いわけでもないのに」

「困った時はお互い様、でしょ？」

こういうところが、男女問わず千登世の人気が高い理由なのだろう。

見た目が良いと同性から反感を買いやすいというのはよく聞く話だが、過去には千登世も悪い事をしていないのに自然と敵を作ってしまう時が何度もあった。だが、一度でも実際に千登世と関われば、彼女の人間性に当てられ皆等しく懐柔されてしまう。

千登世レベルの完璧女子であれば異性は放っておかないだろうし、現にモテてはいるのだが、それでも彼氏がいた事がないというのだから驚きだ。

もしも僕が千登世と幼馴染でなければ、浩文が言うように彼女と付き合いたいと思っていたのかもしれない。その場合、そもそもの関わりを持てていなかっただろうが。

「晋ちゃんはしょっちゅうアタシを『面倒見が良い』って褒めてくれるけど、面倒見が良いのは晋ちゃんもだよね」

「断れないだけだよ、頼まれると」

「仮に晋ちゃんが今日のアタシと同じ立場だったら、絶対同じように動いたでしょ？」

「まぁ、そうかもな」

「じゃあ、晋ちゃんもアタシと同じくらい面倒見良いじゃん。シフト代わってくれたお礼に、日本酒買ってあげようか？」

「二十歳《はたち》未満に酒を勧めるなよ」

誰かが困っていたら手を差し伸べるべきだという感覚は、幼い頃から千登世を見て育ってきたからこそ身に付いたもの。だから彼女は、僕の性格を理解し切っている。

「それはそうと、もう納品って来てるのか？」

僕は背筋を伸ばしながら、窓の外へと目をやった。

「さっき配送トラックが出ていったから、もう検品できると思うよ」

「だったら、今日は僕が行くよ。レジが混んだら呼んでくれ」

僕はレジカウンターを抜けて、バックヤードへと移動する。

扉を開けて中を覗《のぞ》くと、大量の段ボール箱が複数の台車の上に山積みで置かれていた。他の曜日と比較して、火曜の納品数はかなり多いようだ。

「こりゃ、いつも以上に時間かかりそうだな」

バックヤードへと入り、納品物に一通り目を通してから、僕はすぐにでも検品を始めようと一番奥に積まれた段ボール箱の前に立った。

それからしばらくの間、僕は黙々と作業をこなしていく。——が、終わりが見えかけたその時、バックヤードを含む店内中に、突如としてブザー音が響き渡った。

「あと少しだったんだけどな……」

ブザー音は千登世がレジカウンターから鳴らしたもので、会計待ちの列ができてしまった事を伝えるものだ。

僕は一旦作業を中断して、足早にフロアへと向かった。

レジカウンターの様子を目にして、思わず「げ……っ」と声が出る。

いつの間に、こんなに客が入店していたのだろうか……？

検品作業に集中しすぎて、入店音を聞き逃していたのかもしれない。

レジカウンターに駆け付けた時には、片方のレジに長蛇の列ができていた。ペンキの付いた作業着の職人集団と、学校終わりの学生が客の大半を占めている。

千登世は必死にレジ対応をしていたが、どうやら弁当の温め希望が多く、客の流れが滞っているようだった。

僕は客の列を割いてレジカウンターの扉を開き、もう片方のレジに立つ。

千登世と二人で業務にあたると、列は順調に進んでいった。

客の顔をいちいち見ている暇はない。

僕も千登世も、客の動きとカウンターに載せられる商品にだけ意識を注いでいた。

弁当におにぎり、カップ麺にパン、あとは酒やつまみ、それとタバコ。

——だからだろう。

目の前に「それ」のみが置かれた時、僕の集中力はプツンッと切れた。

「……コン、ドーム………？」

思春期真っ盛りの中高生のような反応だったと、自分でも思う。

僕は顔を上げ、その商品を持ってきた客を瞳に映した。

「……っ」

目の前に立っていたのは、セーラー服に身を包んだ女子高生。

気まずさで顔までは見られないが、彼女は何ら躊躇《ためら》わずに、それはもう堂々と、一箱のコンドームをカウンターに載せていた。

女子高生の背後には人影が一つとしてなく、彼女が長蛇の列の最後の客だったのだとふと気が付く。

「……ねぇ」

硬直して数秒、目の前の女子高生が僕に声をかけた。

「早くして、会計」

高校生と思えないほど、彼女の声は妙に落ち着いている。……いや、少し違う。「落ち着いている」というよりも、どことなく生気のない、冷え切った声音をしていた。

「も、申し訳ございません……っ」

僕は慌てて頭を下げ、バーコードリーダーで商品をスキャンする。

「えっと、紙袋はご利用になりますか……？」

「紙袋はいい。レジ袋を一枚」

「えっ……と、お会計、六百円になります……」

女子高生が財布の中身を漁《あさ》り始めると同時にレジ袋を取り出して、コンドームの箱をその中へと落とす。

「こ、こちら……商品になります」

差し出された右手の中指と人差し指に、僕はレジ袋の持ち手を掛けた。

その時、彼女の手に大きな違和感を覚える。

彼女の指先には、絆創膏《ばんそうこう》が貼り巡らされていた。

それも、料理で失敗したなんてレベルの量ではない。

まるで爪を隠すかのように、指先のほとんどが絆創膏で覆われていたのだ。

「…………」

胸の奥がやたらと騒《ざわ》めき、何かが僕の脳裏に訴えかけてくる。

僕は恐る恐る顔を上げて、目の前の女子高生の顔を窺《うかが》った。

「…………あ」

声が漏れた。

制服姿の女子の顔に、僕は見覚えがあった。

友達とか、知人とかいう関係ではない。もっとそれ以上に、関係性は薄い。「関係性はない」と言っても過言じゃない。ていうか、話した事すら一度もない。

ただそれでも、確かに記憶に残っていたのだ。

「琴坂……さん？」

彼女の苗字《みょうじ》がパッと頭に浮かび、思わず声に出してしまう。

人の視線を惹《ひ》き付ける、灰色がかった薄暗い白髪。

今日の二限の講義で、僕と浩文の前の席に座っていた人物。

作り物のような白い肌に、引き立てられた目元の赤いアイシャドウ。

……間違いない。本人だ。

全身を地雷系の服装とメイクで統一していた女子学生。

僕の声を彼女は聞き取ってしまったらしく、「どうして私の名前を知ってるの？」とでも言いたげに、僕の瞳をまじまじと見つめていた。

そんな彼女を前に、僕は混乱する。

琴坂はなぜ、女子高生の制服を着ているのか──と。

頭の中がグルグルと回り、一つ一つ記憶を遡っていく。

そしてすぐ、僕はその答えに辿《たど》り着いた。

昨日今日の出来事――浩文との会話の一部が、フラッシュバックする。

琴坂が今着ているセーラー服は、数時間前にも一度見ている。

画像に映っていた女子の髪色は黒だったが、何度思い返しても彼女と重なる。

「……『コトネ』……パパ活の――――」

そこまで言って、僕は口を押さえた。

大学内で名の知れている同学年の女子と、ツイッターでパパ活相手を募集している女子が、同一人物だった。僕には一切関係のない、たったそれだけの話。

それなのに、僕は何を口走ろうとしていたんだ？

「す、すみません……ッ！　何でもありませ――ンッッ⁉」

襟元を摑《つか》まれ、琴坂にグッと引き寄せられる。彼女の顔と僕の顔までの間がたった数センチにまで縮まり、ふわふわとした甘い香りが鼻孔をくすぐった。

突然の出来事に頭が若干のパニックを起こしているが、それでも今が危機的状況である事くらいは容易に理解できていた。

琴坂が放つ異様な緊張感に押し潰された僕は、現実から意識を逃すように歯を食いしばり、限界まで強く目を瞑《つぶ》った。

「どこで、その名前を？」

「えっ……あ、いや……」

視界をゆっくりと広げ、彼女と再び目を合わす。

怒声を浴びせられるくらいは覚悟していたのだが、そんな僕の想像に反し、琴坂の声音はさっきと大して変わっていなかった。

しかし、状況に呑《の》まれた僕は完全に取り乱してしまい、言葉が詰まってなかなか出てこない。彼女はそれを感じ取ったのか、質問を切り替える。

「バイト、終わる時間は？」

「に、二十二時……です……」

微《かす》かに声を震わせながら、琴坂にだけ聞こえるくらいのボリュームで、途切れ途切れに何とか返答する。

「……終わる頃、駐車場に来る」

彼女は制服の襟元から、ぱっと手を離した。

琴坂は僕がパパ活の件を知っているのに驚きはしていたが、あくまで平常心のままのようだった。そんな彼女は僕の顔を確認するように今一度見て、

「またね」

と、うっすら口角を上げてわざとらしく微笑《ほほえ》み、コンビニを後にした。

緊張感から解放され、僕はバタンッと尻餅をつく。

「晋ちゃん、大丈夫⁉　今のお客さんとトラブルでもあったの……⁉」

千登世はやりとりの一部を見ていたらしく、琴坂が去ると慌てて僕の傍《そば》に駆け寄ってきた。だが、今は問いかけに返答するのはおろか、腰すらもまともに上がらない。

僕はその場で俯《うつむ》いて、両の掌《てのひら》で顔全体を覆った。

どうやら今日は、とんでもない厄日らしい。

☆

琴坂がコンビニを去った後、さっきまでの混み具合は幻覚なのではないかと疑ってしまうほどに、客足が一気に遠退《とおの》いた。

僕は千登世の肩を借りて立ち上がり、タバコ棚に寄りかかって呼吸を整える。すると心は徐々に平静を取り戻し、ものの数分でかなりマシな状態にまで回復した。

千登世は事務所でしっかりと休憩をするよう促してくれたが、僕は「大丈夫」の一点張りを続け、検品作業をしにバックヤードへと戻った。

それからは特に問題も起きず、時間は少しずつ過ぎていく。

業務を一通り終えた頃には、勤務終了まで残り一時間を切っていた。

その間も僕は気持ちが落ち着かず、終了時刻まではまだあるというのに、レジカウンターから店前の駐車場の確認を幾度となく繰り返していた。

バイト終わり、琴坂が駐車場に現れる。

強制的に交わされた対面の約束。

目的はおそらく、パパ活の口止め。

面倒事には巻き込まれたくないと、切実な思いが段々と募っていった。

この残された一時間弱は、まるで生きた心地がしなかった。

大きなストレスが精神面にのしかかり、胃がキリキリと悲鳴を上げる。

時間が経《た》つごとに緊張感は増していき、時計が二十二時を指し示す頃には僕は心身ともに疲弊し切っていた。

事務所に戻る直前で見た駐車場には、琴坂の姿は未《いま》だどこにもない。

夜勤シフトの同僚と入れ替わってからも、僕は制服を脱いで帰り支度を進めながら防犯用モニターで駐車場の様子を窺っていた。

「……約束の時間になっても来ないのかよ」

「ん？　晋ちゃん、今何か言った？」

「いや、別に……」

「今日、ずっと落ち着かなかったよね。行列を捌《さば》いた辺りから」

「……まあ」

「あの最後のお客さんと、何かあったの……？　顔はよく見てなかったけど、確か女子高生っぽかったよね？」

心底心配そうに千登世は僕の顔を覗《のぞ》き込むが、これ以上心配はかけまいと笑顔を繕って「本当に大丈夫だから」と言葉を返す。

タイムカードを切った後、僕はマンションへと帰るように見せかけて千登世の目を掻《か》い潜《くぐ》り、コンビニの駐車場で琴坂を待つ事にした。

帰ってしまうという選択肢も勿論《もちろん》あったが、琴坂が遅れてやって来て入れ違いになるのは避けたい。勤務場所が知られている以上、今逃げても意味はないだろう。

それに、勤務時間中にあれだけのストレスを抱えていたのだ。問題は別日に持ち越さず、どうせなら今日で話は全て終わりにしてしまいたい。

駐車場で「早く来い」と「ずっと来るな」の二つの思いを入り混ぜながら、彼女がコンビニに来るのを静かに待った。

東京都内ではあってもここら一帯は特別栄えているわけではなく、街灯や建物の灯《あか》りは十分にあるが、繁華街のような煌《きら》びやかさは微塵《みじん》としてない。

どことなく地元に似た雰囲気を感じ、パーキングブロックに腰を下ろしてぼんやりと周囲の景色を眺めていると、不思議と気持ちが落ち着いた。

すると突然、視界がパッと真っ白に染まる。

コンビニの灯りでも、街灯の灯りでも、はたまた建物の灯りでもない。それは僕に意図的に向けられた、自転車のＬＥＤライトの灯りだった。

僕は目を細めて、光源の奥をまっすぐに見つめる。

「どうも」

そこにいたのは、自転車のサドルに跨《また》がった一人の女子——待ち合わせ時間から十分以上遅れて、琴坂がようやく姿を現した。

申し訳なさそうにするわけでも、ヘラヘラと笑っているわけでもなく、彼女は無表情を保ったまま右手を上げ、端的な挨拶を僕にする。

「……どーも」

そんな琴坂の態度にうんざりとしながら、僕も同じように右手を上げた。

彼女は大学で見た時と同じ黒を基調とした地雷系ファッションに身を包んで、前カゴの付いた実用的ママチャリに乗っている。地雷系と自転車の相性はあまりにもミスマッチで、どこからどう見ても違和感があった。

「着ていた制服はどうしたんだ？」

本人を目の前に上手《うま》く喋《しゃべ》れるか不安だったが、心の準備がある程度は整っていたからか、意外にもすんなりと声を出せた。

「一度家に帰って、着替えてきた」

「僕に会うからって、わざわざ着替えてきたのか？」

「まさか。帰るのが夜遅くになって、制服を着ていたら危ないからだよ」

「危ないって……通り魔の心配でもしてるのか？」

「警察に声をかけられたくない。面倒だし」

琴坂は自転車を降りてタイヤを転がしながら、僕の近くに寄ってきた。

「ところで君、名前は？」

そういえば、まだ名乗っていなかったな……。

「嘘《うそ》を言っても無駄だから、正直に答えて。君の名前は控えてある」

「いきなり怖いな。一体いつ控えたんだよ……？」

「コンビニの名札に苗字《みようじ》が書いてあった。それに、君の名前は元々知ってる」

「僕の名前を……？」

付け加えられた一言に、僕は首を傾《かし》げた。

琴坂に直接名前を教えた覚えは勿論、関わりすら今まで一度もない。

どこで名前を知られたのかと、少しばかりの不信感を抱いた。

「だって君、毎週火曜に倫理学を受講してる人でしょ？」

「そ、そうだけど……」

まさか同じ講義を受けているのを気付かれていたとは。にしても、倫理学は全学部対象の講義で受講者も多いというのに、よくもまぁここまで地味な学生を覚えていたな……。

だが、それだけでは琴坂が僕の名前を知っている理由になっていない。いくら顔を知られていたとしても、名前までも知られるようなタイミングは今までなかったはずだ。

「浩文って人の話し声で、君の名前を知った」

……あいつかぁ。

僕は目元に手を当てて、今までの講義前の雑談を振り返った。

今日は琴坂が近くの席に座っていたのもあって比較的いつもより声を抑えて会話をしていたが、基本的に浩文の声はかなり大きく、それでいてよく通る。

こんな形で名前を覚えられてしまうとは、想像すらしていなかった。

「すでに知ってるなら、僕が改めて名乗る必要なくないか？」

「念には念を、ね」

変なところで用心深いな。

「……愛垣晋助。これで満足か？」

「学部と学年、それと年齢も教えて」

「どうしてそこまで……」

「早く」

琴坂は表情を崩さないまま、質問の答えを催促する。

答える義理は本来ないのだが、琴坂の態度を見るに下手にはぐらかせば話が長引き、逆に面倒になってしまいそうだ。

「文学部の二年で、歳《とし》は十九」

「うん、知ってる」

「知ってるって何でだよ⁉」

「さっきと同じ理由」

浩文の馬鹿デカい声のせいで、僕の個人情報はいつの間にか一部筒抜けとなっていたらしい。あいつには一刻も早く厳重注意をする必要がありそうだ。

「それじゃあ、次の質問」

「まだ続くのか……？　それだって、元々知ってる情報を僕の口から改めて言わせて、念のために確認するのが目的だろ？」

「違う」

琴坂は若干食い気味に、はっきりと僕の発言を否定した。

「ここから先は何も知らない。知らないから、教えてほしい」

どうやらここから、話は本題に入っていくようだ。

「それで、僕はお前に何を教えればいいんだよ？」

琴坂は下を向いて少しの間を空け、再び僕と視線を合わせる。

僕は唾液をごくりの飲んで、彼女の口が開く瞬間を待ち構えた。

「趣味と出身、あとは一人暮らしかどうかを教えて」

「は、はぁ……?」

予想とは違った系統の質問に、僕は眉間に皺《しわ》を寄せる。

琴坂が話す前に溜《た》めがあったから、てっきりすごい重要な質問をされるのかと思っていたのだが、そうでもなかったみたいだ。だが、それにしても――

「いや……いやいや、ちょっと待ってくれ！　名前やら大学に関する質問は確認のためだからまだいいとして、その質問に答える意味が分からないぞ⁉」

「まあまあ。これから深く長い仲になる可能性もあるんだから」

「何だよ、そりゃあ……」

できれば琴坂との関係は、今日限りで完璧に断ち切っておきたいのだが。

そもそもこいつは、なぜこんな質問をしてくるんだ？　それに今の彼女の立場なら、僕の素性なんかよりももっと優先して話さなくてはならない問題があるだろう。

「お前、口止めが目的で僕と待ち合わせをしたんだよな？」

「……口止め？」

「だから……琴坂は普段、パパ活をして金を稼いでるんだろ？　それを知った僕が他の誰かに広めないように、釘《くぎ》を刺しに来たんじゃないのかよ？」

「そんなつもり、最初からない」

彼女は澄ました表情で、そう断言した。

「私のパパ活は、君がやっているコンビニでのバイトと同じようなもの。友達もいないし、他人からの評判だって興味ない。口止めする必要なんて、どこにあるの？」

「噂《うわさ》が広まったら、大学生活にも支障が出るかもしれないんだぞ……？」

「その時はその時で、どうでもいい。今だって家にいたくないからって理由で、なんとなく登校を続けてるだけだから」

「だいぶ肝が据わってるんだな……」

「脅しが通じるなら、良からぬ命令でもするつもりでいたの？　『バラされたくなければ服を脱いで土下座しろ』みたいな、同人誌さながらの条件を提示するつもりだった？」

「出さねぇよ、そんな鬼畜系エロ漫画家が考えそうな条件は！」

「随分と良心的だね」

「これが普通だろ……」

「いや、優しいと思うよ。……十分ね」

まるで特定の誰かと比較するかのように、彼女は小さく声を発した。

「だったら、君が私を『脅す』なら、何を交換条件に提示するの？」

「どういう意図での質問だよ、それ……」

星の少ない夜空を見上げ、僕は一瞬だけ思考する。

「『バラされたくなかったら、二度とパパ活なんてするな』……かな」

僕の返答に琴坂は目を見開き、呆気《あっけ》に取られていた。

「そんなに絶句するか？　普通」

「……男の人って、もっとハレンチな要求ばかりしてくるものだと思ってた」

「偏見たっぷりだな！」

だがそれは、琴坂の立場で考えてみれば仕方がない事なのかもしれない。

日常的にパパ活なんてしていたら、下心丸出しの男と関わる機会も多くなるだろう。頻繁に「そういう」要求をされ続けていたら、男に対して偏見を抱くのも無理はない。

「覚えとけ。少なからず、僕はそんな外道な要求はしない」

「それは……随分と良心的の二乗だね」

独特な言い回しだな。

「けど、それとこれとは別。趣味と出身、あと一人暮らしかどうかを早く教えて」

琴坂は脱線した会話を強引に引き戻す。

質問に答えない限り、話は先に進まないらしい。

「趣味は絵を……イラストを描く事だ」

「へぇ、イラストね」

「文句あるのか？」

「ううん。良い趣味だな、って」

　イラストを描くのが趣味だと言うと小馬鹿にされる時もあるが、琴坂は僕の趣味を好意的に捉えてくれたらしく、小さく数回頷《うなず》いた。

「……んで、出身は埼玉。今は一人暮らしをしてる」

「ここから近いの？」

「まぁ、それなりに」

　琴坂は唇に指を当てて首を捻《ひね》り、思案の表情を浮かべた。

「……なら」

　再び自転車のサドルに跨がり、琴坂は荷台をポンポンと軽く叩《たた》く。

「こんな場所で立ち話もなんだし、早速向かおう」

「向かうって、どこかの居酒屋とかか？」

「お店だと高く付く。だから、家に行くの」

「い、家……？　それって、一体どっちのだ？」

「勿論《もちろん》、君の」

「ダメに決まってるだろ！」

　今日知り合ったばかりの女を、そう易々《やすやす》と自分の部屋に上げたくなんかない。だからといって、琴坂の家にも行きたくなんかはないが。

「連れていってくれないの？」

「そりゃそうだろ」

「それなら、別にそれでも構わない。見た感じバイトは徒歩通勤みたいだし、自転車でならいくら走って逃げられても見失わずに後を追える」

「どうしてバイト終わりに自転車から逃げなくちゃいけないんだよ！」

「仕方ないよ。私に声をかけちゃったんだから」

今までの琴坂の言動からして、連れていかなければ本当にマンションまで追いかけてきてしまいそうだ。

「それで、荷台には乗ってくれないの？　待ってるんだけど」

徒歩で自転車から逃げ切るか、大人しく琴坂と一緒に帰宅するか、数秒考える。

どちらの選択を取るのが自分にとってマシな結果になるか。

「……警察に話しかけられたくないんじゃないのか？　二人乗りしてるところなんて見られたら、まず間違いなく職質されるぞ？」

「その時は全力で振り切って、撒《ま》けばいい」

「もはや走り屋の思考回路だな……」

どちらにせよマンションまでついてくるつもりでいるのなら、一緒に帰った方がまだマシだろう。

僕は琴坂の自転車に一歩近付き、荷台と彼女の背中を順に睨《にら》み付ける。

地雷系ファッションをした女子の後ろに乗るのは、それなりに抵抗があった。

「……なぁ。ハンドルは僕が握るから、お前が荷台に乗ったらどうだ？」

「丁重にお断り。スカートにシワが付きそうだし。……それとも、背後から抱きしめられて胸の圧迫感を堪能しながら官能運転をしたいなんて、淡い欲望が芽生えちゃった？」

「おかしな造語を作るな！　何だよ、官能運転って！」

僕は頭を激しく掻《か》きながら「あー、もう！」と荒々しく声を上げ、半分ヤケクソになって自転車の荷台に跨《また》がった。

「方向指示、よろしくね。それと、危ないからもっと密着してくれない？　後ろから強めにホールドしてくれて構わないから」

「お、おう……」

琴坂の華奢《きゃしゃ》な腹部に腕を回して、きっちりと固定する。

「尾骨付近に汚らわしい感触と、変な温《ぬく》もりを感じる」

「気のせいだ。さっさと進んでくれ。……ここからだと夜勤の人達に見られる」

ペダルが踏み込まれ、東京の閑静な田舎《いなか》道を走り出す。

「……そういえば」

自転車を漕《こ》ぎ出してすぐ、僕は一つ重要な事を思い出した。

「僕、お前の下の名前すら知らないんだけど」

「コトネ」

「お前、本名でパパ活してるのか……？」

「冗談。あれは源氏名みたいなもの」

「なら、冗談なんて言わずにさっさと教えろよ」

半ば強制ではあるが、彼女は初めて自分の部屋に上げる女の客人になる。

彼女の素性は知らないが、名前くらいは最低限知っておくべきだろう。

琴坂はペダルを漕ぎながら、口を開いて静かに答える。

風の音に掻き消されかけたが、僕はどうにかその名前を聞き取った。

――琴坂静音《しずね》。

それが、彼女の本当の名前だそうだ。

☆

二人乗りで事故を起こす事もなければ警察に見つかる事もなく、僕と琴坂は無事にマンションまで辿《たど》り着いた。自転車を駐輪場に置いた後、僕は彼女を連れて部屋まで向かう。

「五分で着くなんて、かなり近いね」

「それは自転車だからだ。徒歩だと十五分はかかる」

「大学も駅も近いし、内装も綺麗《きれい》。家賃は全部親持ち？」

「ああ」

「良い親御さんだね」

「まぁな。……着いたぞ。鍵開けるから、ちょっと待ってろ」

マンション二階の通路を進み、扉の前で立ち止まる。扉を開錠してから周囲の様子を今一度確認して、僕は急《せ》かすように琴坂を部屋に通した。

浩文から聞いた話だと、このマンションには僕以外にも城下大生が数人住んでいるらしい。その人達の部屋がどこにあるかまでは知らないが、琴坂は学内だとそれなりに有名人のようだし、誰かに見られでもしたらと考えれば、警戒心は自然と強まってしまう。

琴坂が部屋に入ったとほぼ同時に扉を閉め、僕はようやく一安心した。

「男の一人暮らしなんだから、多少汚くても文句言うなよ？」

「玄関を見た感じ、よく片付けられているけどね」

「人並みにはな。散らかってたら、友達すら部屋に上げられないし」

「友達って、女？」

「僕は親と妹以外の女を部屋に入れた事がないんだ。……琴坂を除いてな」

「つまり、私が君の部屋処女を奪ったってわけだね。ご馳走様《ちそう》」

「部屋に初めて入った事を、卑猥《ひわい》に表現するな」

「処女は別に卑猥な単語じゃないと思うけど。ほら、初めて出版された本を『処女作』なんて言ったりもするし」

「そう言われれば、確かに……」

「あと、琴坂じゃなくて『静音』って呼んで。苗字《みようじ》呼びは好きじゃない」

「……静音、な」

千登世と妹以外の女子を下の名前で呼び捨てするのは、高一以来な気がする。下の名前を呼んだだけだというのに、どこか落ち着かない。

「まぁ、とりあえず上がれよ」

途端に気恥ずかしさが込み上がり、頬《ほお》に熱がこもった。僕は誤魔化《ごまか》すように素早く靴を脱いで、琴坂——改め静音から顔を逸《そ》らし、慌ただしく廊下に足を踏み入れる。

そんな僕の心境など知る由もなく、静音は「お邪魔します」と一言述べてから廊下に上がった。

廊下には洗面所とトイレに繋がる扉がそれぞれあり、クローゼットも備え付けられている。静音は僕の背後にぴったりと付いて、その奥へと進んでいった。

玄関の向かい側にある扉の先が、この部屋のリビングとなっている。僕は彼女と一度顔を見合わせてから、渋々扉を開いた。

「……広い」

静音はリビング全体を見渡して、間を置いてから呟《つぶや》いた。

「キッチン、調味料と食器が多いね。自炊するの？」

「コンビニ弁当やら外食を毎日ってなると、食費だけで結構な出費になるからな。それに自炊の方が健康的だろうし」

「すごいね。一人暮らしの大学生とは思えないよ」

「そうでもないけどな。自炊するように心がけてはいるけど、時間がない時は冷凍食品とかカップ麺頼りになってるし」

「家事って、やっぱり大変なもの？」

「大変だな。猫の手も借りたいくらいだ」

「試しに猫を飼ってみたら？」

「それは良い考えかもな」

「逆にこなす家事が増えるだけだよ」

「話に乗ってやったのに、マジレスするのかよ！」

折角《せっかく》の優しさを無駄にするな。

「……まぁ、とりあえず適当に座ってくれ。飲み物くらいなら出せるけど、何か飲むか？

麦茶か缶コーヒー、インスタントでもいいならホットコーヒーも用意できるけど」

「ホットのコーヒー二杯」

「二杯もいらないだろ」

「君と、私の分」

「自分の分くらい好きに選ばせろよ」

「違う種類だと用意が手間だと思って」

どういう気の遣い方だよ。別にホットコーヒーでも構わないけどさ。

僕はキッチンに入り、お湯を沸かす準備を始める。

「静音はどうして、わざわざ僕の住むマンションにまで一緒に来たんだ？」

「一人暮らしって、分かったから」

「僕が一人暮らしだったら、一体何かあるのか？」

「人を気にせず話せるでしょ。今みたいに」

「……そうだな」

静音の言葉は何か意味を含んでいるようだったが、それはコーヒーを飲みながら聞いてやろうと、僕は一旦会話を後に回した。

沸かしたお湯をマグカップに注ぎ、コーヒーの粉末をスプーンで雑に溶かす。完成した後はそれらを盆の上に載せて、リビング中央へと足を運んだ。

「お前……コソコソと何をしてるんだ？」

「別にコソコソはしてない。ただ部屋の中を物色してただけ」

「男の部屋を勝手に物色するな！」

部屋の端に設置された作業用デスクの上には、デスクトップパソコンに液晶タブレット、諸々《もろもろ》の資料やイラスト集、そして描いてる途中のスケッチブックが広げられている。

「これ、君が描いたイラスト？　上手《うま》いね、驚いた」

静音はスケッチブックを上から眺めながら、感心したように感想を述べた。

「まだまだだよ、そんなんじゃ」

ローテーブルの上に盆を置いて、彼女の言葉を否定する。

「逆に、どこがまだダメだと思うの？」

「そのキャラクターの絵だって、構図が微妙だし……。スケッチブックを見ると分かるけど、僕はてんで風景画が描けないからな」

「ちょっと見てもいい？」

静音の確認に一つ頷《うなず》くと、彼女はスケッチブックを手に取った。折り目が付かないよう丁寧にページをめくり、一枚一枚に目を通す。

「描き始める前に、もっと立体物と光の位置関係を意識してみたら？　光の当たり方で影にも濃さの強弱が出るし。あとは建物の描く角度を変えれば、もっと良くなると思う。景色を撮った写真とか、漫画を描く用の背景カタログを参考にすれば、構図も学べる」

続けて彼女は「一ページ使ってもいい？」と僕に問い、了承すると机に転がっていたシャーペンを摑《つか》んで、レクチャーするように絵を描き始めた。

「——こんな感じ。普段はデジタルで描いているんだろうけど、アナログで描くならせめて鉛筆にした方がいいよ。シャーペンだと線での表現がしづらいから」

「……上手いな。ひょっとして、静音も絵を描いたりしてるのか？」

「たまに。ほんの趣味程度」

ほんの趣味程度ってレベルには、とてもじゃないが思えない。

「普段はどういう系統のを描いてるんだ？」

「君と同じような系統だよ」

静音はポケットからスマホを取り出し、一枚の画像を表示して僕に見せてくれた。

そこに映っていたのは、メガネを掛けた黒髪美少年とヤンキーのような風貌をした金髪イケメンの高校生二人組が、肩を並べて仲良さげに歩いているデジタルイラストだった。

背景は夕焼けの道路で、建物や信号などの立体物まで丁寧に描かれている。構図にキャラデザ、色彩や影の入りからも、彼女のイラストに対する強いこだわりが伝わってきた。

「お前、どこかで描き方を習ったりしてたのか……？」

「習ってない。でも、親の影響は受けてるかも」

「親御さん、芸術関係の仕事をしてるのか？」

「漫画家。芸術に含まれるのかは分からないけど」

「それ、本当に言ってるのか……⁉」

予想すらしていなかった静音の回答に、僕は興奮混じりの声を上げた。

「数年前までね。特に売れないまま引退して、今は高校の美術教師」

「あ……そうだったのか……」

自分の将来を思い浮かべて、僕は少々肩を落とした。

イラストレーターと漫画家は別物だが、絵を描いて金銭を得る点においては共通している。絵で稼ぐ事がどれだけ難しいか、現実の厳しさをヒシヒシと感じさせられた。

「君は、イラストレーターになりたいの？」

「……ああ」

「いいね、夢が持てて。私は諦めたから……羨ましい」

「確か、教育学部だったよな。となると、夢って教師か？」

「よく分かったね。小学校の先生だよ、目指していたのは」

「小学校の先生、か……。でも、折角大学にまで入学したのに、何が理由で夢を諦めたんだよ？　……単位が取れなかったとか？」

「単位は順調に取れてる。でも、もう決めた事だから」

「……そうなのか」

「けど、君は頑張ってね。……応援してる」

静音はふっと口角を上げ、小さく微笑《ほほえ》んだ。

彼女が不意に見せた表情に、僕の胸は一瞬ドキッと反応する。

「冷めちゃうし、そろそろコーヒーをいただこうかな」

「あ、ああ……。そうだな」

ローテーブル越しに向かい合って座り、静音はマグカップを手に取った。

「バイト終わりで遅いけど、ごはんは食べないの？」

「お前が帰ってからにするよ。明日は登校時間も二限からで余裕があるから、多少遅くに寝ても問題ないし」

「気にせず食べればいいのに」

静音はコーヒーをチビチビとすすり、「ふぅ……」と一息つく。円を描くようにマグカップを揺らしながら、彼女は僕とゆっくり視線を合わせた。

「君はどこで、私がパパ活をしているって知ったの？」

やはり、その話になるか。

「僕というよりも友達……浩文が、ツイッターで静音を見つけたんだよ。最初は『静音に似た女子高生』として見ていたけど、似てるどころか本人で……まぁ、全部偶然だ」

こんな状況になるとは、昨日までの僕は夢にも思っていなかった。今でもにわかには信じがたいし、夢なら早く覚めてほしいくらいだ。

僕は静音の服をジッと見つめ、初めてコンビニで話した時の姿を思い返す。

「ずっと気になってたんだけど、静音は女子高生としてパパ活をしてるんだよな？　年齢を偽って、セーラー服まで着て……それって、何か特別な理由でもあるのか？」

「あぁ、それね。単純に、パパからのウケが良いからだよ。十代と二十代、高校生と大学生、たった数歳の差とブランドの違いで、食い付きは全然違うものでさ」

「黒髪にしてたのも、それと同じ理由だったのか？」

「ご名答。パパ活の日にだけ黒髪に染めるのも、清楚《せいそ》な女の子を演出するため。素朴な見た目の方が、需要が高いから」

静音は「大人は疲れてるから、若くて純粋な子に癒《いや》されたいんじゃない？」と、身を包んでいる地雷系の服を優しく撫《な》でて、達観した物言いで語った。

「けど……コンビニで会った時にはセーラー服を着ていたし、今日もパパ活の予定があったんだよな。それなのに、どうして白髪のままだったんだよ？」

「それは偶然。朝に黒スプレーが使えなかったから、仕方なく白髪のまま登校した。結局、今日はパパ活に行くのやめちゃったんだけど」

「髪を黒染めできなかったからか？」

「まさか。行けばお手当は貰《もら》えたし、そんな理由じゃやめたりしない」

「それじゃあ、尚更《なおさら》何で……」

「君と知り合えたから、かな？」

静音は頰《ほお》を赤く染め、うっすらと笑みを浮かべた。なぜだか僕の頰までもが赤く染まっていくのを感じ取り、慌てて彼女から視線を逸《そ》らして口元を右手で覆う。

「……意味が分からないな」

「君なら私を、受け入れてくれるんじゃないか……ってね」

「どんな直感だよ」

「でも、こうして部屋に上げてくれた」

「まぁ、確かにな……」

静音を受け入れているつもりはないが、この状況が作られている時点で、彼女の感覚は間違っていなかったと言えるだろう。

「だって君、あからさまに心配してたから。私の指を見て」

「別に心配したつもりは……」

「顔に出てたよ。さっきも、今も」

どこか嬉《うれ》しそうに、静音は両の指先を絡ませた。

「……いつから、パパ活なんてし始めたんだよ？」

「二年生に上がる前の春休みから」

となると、おおよその活動期間は四、五ヶ月といったところか。

随分と慣れた様子だったから、てっきりもっと長く活動しているものだと勝手に想像していたが、意外とそこまで月日は経《た》っていないらしい。

「これまで、何人くらいと会ってきたんだ？」

「数えてすらない。春休みは時間があったから、相当。学校が始まってからは、早く講義が終わる火曜と土日のどちらかで、週に二人と会ってた」

浩文との雑談を思い返し、僕はようやく腑《ふ》に落ちた。静音が前回までの倫理学に黒髪で登校していたのは、毎週火曜は決まってパパ活の予定が入っていたからというわけだ。

しかし、今肝心なのはそこではない。

週に二人ペース……他のパパ活をしている人達の事はよく知らないが、僕からすればこの頻度はかなり多いように感じる。

「静音は……どうしてパパ活なんてしてるんだよ？」

「お金を稼ぎたいから」

「だからって、わざわざパパ活をする必要なんて……。額は劣るだろうけど、もっと違う方法で安全に稼いでいった方が、きっとお前の将来からしてみても――」

「それくらい、私だって分かってる！」

静音が突然放った大声に、僕の体はビクッと大きく震えた。

「そんな悠長な稼ぎ方じゃ……資金が貯《た》まるまで、うんと時間がかかる」

歪《ゆが》んだ表情を隠すように静音は俯《うつむ》いて、ゆっくりと呼吸を整えた。

僕は口を固く閉じて、彼女の言葉に耳を傾ける。

「私は、あの家にいたくない。……あの家に、帰りたくない。一日でも、半日でも、一分でもいいから早く、あの家から解放されたいの」

一度整えられた呼吸が、またしても徐々に乱れていく。

静音は拳を強く握りしめ、振り絞るように言葉を吐き出した。

「……パパ活をしない日は、大学に入り浸ってる。家に帰らないで済むように、友達もいないから、ずっと大学の図書館で……時間を潰してきた。土曜日でも、日曜日でも、祝日でも……『大学で勉強する』って、あの人にはそう説明して」

あの人……静音の家族の誰かだろうか？　詳しい事情までは分からないが、彼女の話を聞く限り、家庭環境に何かしらの問題を抱えているのは、まず間違いなさそうだ。

「……パパ活をしていて……辛《つら》くないのか？」

「辛くないはずない……。一緒にいる時は性の対象としか見られなくて、心から愛される事もない。それでも心を切り売りして……幸せを感じるのは、お金を貰った時くらい」

パパ活という稼ぎ方は、静音が数ある選択肢の中から悩んだ末に選んだ、一人暮らしの準備資金を貯める上で最も効率の良い方法だったのだろう。

しかし、彼女はパパ活そのものを望んでしたいとは思っていないし、それをしている自分を受け入れられていないように感じる。

目標のために金銭を稼ぐのは立派だが、それが精神状態に悪影響を及ぼしているのなら元も子もない。今のまま無理して体を売り続けるのは、少なからず僕は反対だ。

「表情から察するに君は勘違いしてるみたいだけど、私がパパ活相手とセックスした経験は、これまで一度もないよ」

「え、そうなの……？」

予想外な発言に、思わず間抜けな声を出してしまった。

「けどお前、コンビニでコン……コンドームを買ってたよな？」

「コンドームは、私にとってのお守り」

「コンドームが、お守り……？」

静音の言っている意味が理解できず、僕は眉をひそめて聞き返した。

「私は好きな人以外とセックスしたくない。けど、もしも……本当に危険な目に遭ってレイプされそうになった時は、コンドームを着けてもらえるように懇願するの。いざという時の、頼みの綱みたいなもの。パパ活に行く時は、いつも持ち歩いてる」

「いつも持ってるなら、使ってないのにどうしてコンビニに買いに来たんだよ」

「使用期限が迫ってたから」

「……どういう事だ？」

「薄々感じてはいたけど、君って童貞？」

「いきなり失礼すぎるだろ！」

「でも、ビンゴでしょ？」

その通りではあるが、認めたくはない。

「……僕ってそんなに、童貞っぽさが滲み出てるのか？」

「それなりに。レジで箱を見た時の反応からして、未経験なのは丸分かり」

確かにあの時は、自分でも情けないくらい動揺していた。

思い返すと、恥ずかしさで耳が段々と火照《ほて》ってくる。

「ひとまず話を戻すけど、コンドームには使用期限があって、それを過ぎていると簡単に破れやすくなるの。童貞の君には理解できないかもしれないけど」

「童貞だからって馬鹿にするな」

使用期限があるってのは初耳だったけど。

「私が持っているのは数年前に知人から貰った物だから、もう少しで寿命だった。それで今日買い替えておこうと思って、コンビニに入ったの」

「そしたら店員が、たまたま『コトネ』を知っている人間だった……と」

そして、今に至る。偶然とは何とも恐ろしいものだ。

「言った通り、私はパパ活を隠しているわけじゃない。周りからの印象なんてどうでもいいし、バレても別に構わなかった。……けど少しだけ、君と話をしてみたくなったの」

静音は両手で包むようにマグカップを持ち、そっとコーヒーを口にした。

「……で、ここに来てから考えた」

改まって、静音は僕の目をジッと見た。

「ここを家出中の隠れ家にしようと考えてるなら、お断りだぞ」

「そこまで図々《ずうずう》しいお願いをする気はない」

静音はコーヒーを飲み終えると、ローテーブルの端にマグカップを置いた。すると突然、彼女は前のめりになって僕に顔を近付け、ぎゅっと手を握ってくる。

「私はあくまで、君とは『WIN-WIN』の関係を築きたい。だから、安心して」

ニヘッと、静音はいたずらっぽく不敵な笑みを浮かべた。

「単刀直入に言うと、この家に『住む』とまではいかないけど……『通いたい』の」

「通いたい、って……」

定期的に僕の部屋に訪れて、家の門限ギリギリまで時間を過ごさせてほしい。

静音は間接的に、そう言っているのだ。

「けどそれだけじゃ、私が得をするだけで君にはメリットがない。だから一つ、良い条件を思い付いた。……私も君も幸せになれる、最高の契約」

「け、契約……？」

「そう。契約名は——」


——通い妻契約。


静音は僕に、そんなオリジナリティ溢《あふ》れる契約を提示してきた。

「私がこの部屋に通って、まるで妻のように家事を手伝ってあげる。料理も、洗濯も、掃除も、それ以外の雑用も。だから私を、この部屋にこれからも上げてほしい」

「なっ……」

「そうすれば、君は今より自由に時間を使える。イラストを描く時間……夢を追うための時間も、十分に確保できる。それに私なら、その練習にだって付き合える」

契約内容を一通り聞いた後、僕は静音の手を優しくほどく。

「『通い妻契約』って、第三者に聞かれたら変に勘違いされそうな契約名だな」

「それなら『にゃんにゃん契約』にする？『猫の手も借りたい』って言ってたし」

「もっと変な勘違いされるだろ」

「にゃんにゃん」

静音は至って真面目な表情のまま、両手で猫のようなポーズを取ってみせた。

正直なところ、大学とバイトに加えて家事も自分で行わなければいけない今の生活では、イラストレーターを目指す上での練習時間が全くと言ってもいいほど足りていない。

家事全般を引き受けてくれるというのはかなり魅力的な話だし、イラスト練習にまで付き合ってくれるともなれば、これ以上ないくらいの好条件だと言える。

「……その条件、確かに最高だな」

「でしょ？　それじゃあ、契約成――」

「けど、却下だ」

僕の回答に、静音は戸惑った。

理解しがたいといった様子で首を斜めに傾け、僕に問う。

「……何で？　君も今、『最高だ』って……」

「最高ではあるけど、それは受け入れられない」

静音は変わった奴《やつ》ではあるけれど、悪い奴ではない。それだけは分かる。

だが、彼女を見ていると――心の奥底が、ズキズキと痛むのだ。

元カノとの記憶が「静音には関わるべきじゃない」と、僕に訴えかけている。

静音が提示した「通い妻契約」が好条件であるのに変わりはないが、特に苦手意識を持っている地雷系の女子をいつでも部屋に招き入れるのには、少なからず抵抗があった。

それに彼女は、見た目だけじゃない。

ついさっき見せた感情の動き——一瞬にして激しく揺れた情緒を見るに、静音はおそらく、いや確実に、心に何かしらの「問題」を抱えている。

彼女は紛れもなく——「メンヘラ女子」だ。

次第に心拍数が上がっていき、服の中に冷や汗が流れる。

メンヘラがトラウマである僕にとって、静音は本来避けるべき対象。

いくら条件が良くても、彼女から提案された契約を受け入れられるはずがない。

「……契約はしない。ただ、絶対に来るなとは言わない」

それにもかかわらず、僕は彼女に手を差し伸べようとしていた。

自身の胸に手を当てながら、必死に心を落ち着かせる。

「それって……」

「たまになら、部屋に上げてやる。本当に行く場所がない時、ここに来い」

静音はどことなく、初恋の人に似ているような気がした。だというのに、なぜだか今の
僕は、そんな彼女を少しだけなら支えてみたいと、気まぐれにも思ってしまっている。

さらに戸惑いながら、静音は改めて僕に条件を確認してきた。

「家事をしなくても、イラストの練習に付き合わなくても、私を部屋に上げるの……？」

「たまにならな」

「どうして、そんな……」

「お前にも同じ大学で話せる『友達』の一人くらい、いた方がいいだろ？」

僕は続けて、「危なっかしくて、心配だし」と付け足した。

「……そういう事なら、わかった」

僕の言葉に、静音は小さく頷《うなず》く。

「『通い妻契約』は白紙。……その代わり、友達になる契約を結ぶ」

「友達になるのに契約なんて必要ないだろ」

「そうなの？　でも……うん、そっか。そうかも」

静音は視線を落とし、声音を徐々に明るくしながら納得した。

「友達として必要とされるように、頑張る」

「そんな事を頑張るな」

「友達なら、これから何て呼べばいい？」

「別に、何でもいいよ。好きに呼んでくれ」

「じゃあ、晋助」

彼女は「にへへ……」と口から溢《こぼ》し、愛らしく笑った。

感情をほとんど表に出さない静音だからこそ、不意に見せる表情からは、まっすぐに気持ちが伝わってくる。

こういう笑い方もできるのか、と思わず一瞬見惚《みと》れてしまった。

……まったく、調子が狂ってしまう。

こうして僕は、琴坂静音と——今後二度と関わるつもりのなかった「メンヘラ女子」と、繋《つな》がりを持つ事になったのだった。

メンヘラが毎日部屋に通ってきたら

「お前、今日も来たのかよ……」

インターホンのモニターに映し出された顔を見て、僕──愛垣晋助《あいがきしんすけ》は、苦笑いを浮かべながら頭を掻《か》いた。

地雷系ファッションに身を包んだメンヘラ女子──琴坂静音《ことさかしずね》。

初めて部屋に上げた日を含め、今日で十日連続。

あの日から彼女は、僕が暮らすマンションを毎日訪れるようになっていた。

『おはよう、晋助』

「……おはよう。んで、また持ってきたのか？」

『うん』

「はぁ……。わかった、入ってこいよ……」

静音の行動に呆《あき》れながらも、僕はエントランスの自動ドアを渋々開く。

それから一分と経《た》たずして、彼女は二階にある僕の部屋の扉をくぐった。

「お邪魔します」

「記憶が正しければ『たまにだったら部屋に上げてもいい』って、言ったはずなんだけどな。お前と『通い妻契約』を結んだ覚えはないぞ？」

「その『たまに』が、今日もたまたま続いてるだけ。通ってるつもりはない」

「それお前の匙加減《さじかげん》じゃねぇか！」

「怒ってる？」

「いや、怒ってはないけど……」

「よかった。……それじゃあ早速、一緒に食べよう」

そう言うと静音はリビングへと移動して、トートバッグの中からランチバッグを取り出し、ローテーブルの上に中身を広げた。

「昨日はお米だったから、今日はパンにした」

静音は毎朝、二人分の弁当を作って我が家に持ってくる。

今日のメインは、三種類のサンドイッチ。卵サンド、ハムとキュウリとチーズのサンド、ベーコンとレタスとトマトのサンド、加えて弁当箱の隙間を埋めるように、タコさんウィンナーに卵焼き、カットされたキウイフルーツが隅の方に詰められていた。

「相変わらず、うまそうだな……」

好きな具材ばかりで彩られた弁当を前に、僕はごくりと唾を飲む。

「こっちは私で、そっちは晋助の分。それとこれ、アルコールティッシュ」

「あ、あぁ……。それじゃあ……いただきます」

どれから食べようかと手を拭いながら悩んだ末、僕は卵サンドを選んだ。具材が落ちないよう丁寧に摘《つま》んで、口いっぱいに頰張《ほおば》る。

ふんわりと柔らかなパン生地に、粗く刻まれた白身の食感と黄身の濃厚な味わい。隠し味に振られた黒胡椒《こしょう》が、程良いアクセントとなっていた。

「……うまい」

「そう？　……嬉《うれ》しい」

感想を聞いて安心したのか、静音は微《かす》かに頰を緩めた。

彼女も僕に続いて卵サンドを手に取り、はむりと口に含む。

「なんか、申し訳ないな……。毎朝弁当を作ってくるなんて、大変だろ」

「私が晋助に食べてほしくて、勝手に作ってるだけだから」

僕から弁当を作ってきてほしいと静音に頼んだ事は、これまで一度もない。だが、それでも毎日のように彼女に食事を用意してもらうのは、どこか気が引けていた。

「元々この部屋に通い始め……たまに来るようになる前から」

「ちょっと待て。今『通い始める』って言いかけたよな？」

「気のせい。この部屋にたまに来るようになる前から、朝はお弁当を作るのが日課だった。一人や二人分くらい作る量が増えても、手間はほとんど大差ない」

「今までは朝に何人分作ってたんだ？」

「私と父の昼食で、二人分。あとお弁当ではないけど、朝食も用意してた」

一人暮らしを始めてからは僕もできる限り三食全て自炊をしようと心がけてはいたのだが、朝は特に時間がなく、結局は学食や買い溜《だ》めしている冷凍食品頼りになってしまっていた。それを静音は、毎朝早くに起きて食事を作っているというのだから表彰ものだ。

しかし、僕は彼女の行動に一つの懸念を抱いていた。

「僕の分の朝食まで用意してくれるのは助かるけど、食費はどこから出てるんだ？　まさか、琴坂家の生活費を使ってるわけじゃないよな……？」

静音は朝だけでなく、夜にも部屋に顔を出す。それも夕食を作るために。

一種のストーカーのようではあるが一応は「友達」だし、そこまで尽くしてくれる相手を追い返すのもどうかと思い、僕はそのまま彼女を受け入れてしまっていた。

「気にしないで。パパ活で貯《た》めたお金を使ってるから」

「けどそれって、一人暮らしをするための金だよな？」

「いいの。……それに今は、貯金を忘れて休みたい」

静音は僕と知り合った日から、パパ活を一度もしていないようだった。

登校前は僕の部屋、日が昇っている間は大学、夜も再び僕の部屋。決まった場所を行き来するだけで、それ以外の場所に出向いている様子は一切ない。

火曜日の倫理学の講義も黒染めせずに白髪で受講しているし、土日に関してはこの部屋で朝から夜まで過ごし、ある時は僕がバイトに行ってる間、勝手に大掃除を始めていた。

一時的であったとしても、静音は僕の部屋に通う事でパパ活をせずに済んでいる。

それは彼女にとって、間違いなく良い傾向に進んでいると言えるだろう。

ただその代わり、毎日部屋に入り浸って、家事の手伝いをするようになってしまっているのだが……。

「何なら、お昼のお弁当も作ろうか？」

「結構だ。自分で稼いだ金なんだし、僕にじゃなくて自分のために使えよ。服とか化粧品とか、女子は色々と金かかるんだろ？」

「服も化粧品も、必要な物は全部揃ってる」

「……だいぶ稼ぎが良かったんですね」

「私の場合は一回の食事やデートで最低二万円は貰えていたから、時給換算すると大体五千円くらい」

真面目にコンビニバイトをして時給で約千円をコツコツと稼いでいるのが、なんだか虚《むな》しくなってくる。

「食費の心配はないから、晋助は安心して」

「食事で僕を釣ろうとしてないか？　弁当やら食材を用意してきたら部屋に通すとか、そういうシステムは採用してないからな……？」

「弁当や食材を持ってくれれば、毎回部屋に上げてくれるのに？」

「確かにそうだけど……」

持ってこなくても、別に追い返したりはしない。限度はあるが。

「……あ、そうだ」

静音は何かを思い出したように、ボソリと声を発した。

「……？　どうかしたのか？」

「今後の参考にしたいから、晋助の好きな料理を教えてほしい。作れる物のレパートリーも増やしておきたいし」

トートバッグからメモ帳とボールペンを取り出し、静音は僕の目をジッと見つめた。

「好きな料理……か」

いきなり訊《き》かれると、案外パッとは思い浮かばないものだな。

「辛味や苦味の強いやつよりかは、甘味《あまみ》のある料理の方が好き……かなぁ。そうだ、一昨日の夜に静音が作ってくれたオムライスは、特にうまかったな」

「レパートリーを増やしたいのに、それだと参考にならない」

「仕方ないだろ。真っ先に頭に浮かんだから言っただけだ」

ふわふわの卵が印象的な、ケチャップ付きのオムライス。甘く口当たりの優しい卵とバターのきいたチキンライスが相性抜群で、五分も経たずに完食したのを覚えている。

静音の作るごはんはどれも美味《お い》しいのだが、思い出しただけで涎《よだれ》が出てくるくらい、あの料理の出来は格別だった。正直、もう一度食べたい。

「真っ先に頭に浮かぶくらい、あのオムライスを気に入ってくれたの？」

「……まぁな。店で出されてもおかしくないクオリティだったよ、あれは」

「そう……なんだ。……そっか」

口元をモゴモゴと動かし、気恥ずかしそうにしてはいるものの、静音はどことなく誇らしげな様子で微かに胸を張っていた。

「オムライスはまた後で作る。それより、もっと他にはないの？」

心の中で密《ひそ》かにガッツポーズをしつつ、引き続き好きな料理を頭に浮かべる。

「うーん、そうだな……。パスタにカレー……あと、肉じゃがなんかも好きだな」

「肉じゃが？」

静音はピクリと体を反応させ、僕が挙げた料理名を拾って声に出す。

「ああ。もしかして、あまり好きじゃなかったか？」

「ううん、その逆。まさか、晋助と好物が被るとは思わなかった」

「好物が肉じゃがだって人は、割かし多いんじゃないか？」

「人と関わりが少ないから、そこら辺はよく分からない」

「……ごめん」

少々気まずくなった僕は、静音から目を逸《そ》らした。

しかし、彼女は特に気にしていない様子で、言葉を続ける。

「肉じゃがなら任せて。きっと気に入ってもらえる」

「やけに自信ありげだな。得意料理なのか？」

「初めて作れるようになった料理だから、他のより慣れてる」

「そうだったのか。けど、それならどうして今まで肉じゃがを作ろうとしなかったんだ？

静音が食事を用意してくれるようになってから、そこそこ日は経ってるのに」

「自分の好きな料理を振る舞って、『嫌い』って言われたらへこむから」

「出された料理にケチなんてつけねぇよ。というか、何日か前にも言っただろ？　好き嫌いやアレルギーも特にないから、大体の物は食べられるって」

たとえ好きじゃない料理を振る舞われたとしても、わざわざ僕のために作ってくれた料理に対して「嫌い」だなんて言うはずがない。

「にしても、肉じゃがかぁ。実家ではよく食べてたけど、一人暮らしを始めてからは一度も口にしてなかったな」

「なら、今日の夜ごはんは肉じゃがにするよ。食材は放課後に買ってくる。ボディソープも切れかけてたから、ついでに買い足しとくね」

「いつの間にボトルの中身なんて確認したんだ……？」

「昨日の夜、お風呂の掃除をした時に。それはそうと、晋助は日頃からしっかり洗顔してるの？　一昨日の残量から、全然中身減ってなかったよ」

「洗顔料までチェックしてるのか⁉」

「ケアはサボっちゃダメだよ。晋助はニキビができやすい肌質なんだから」

なぜに肌質まで把握されているのだろうか。

「それに引き換え、ティッシュの量は昨夜から相当減ってるね。予備の箱ティッシュは確かあと一箱残ってたと思うけど、一応補充しておく？」

「自分で買っておくから、ティッシュの消費は気にしないでくれ！」

一体どこまで細かく確認しているんだ、マジで。

「……もしかして、迷惑だった……？」

静音は肩を竦《すく》めて、僕の表情を窺《うかが》いながら不安そうに眉を寄せた。

「い、いや……迷惑じゃないから、そんな顔するなって……。助かってるよ、ボディソープが切れそうなのなんて、今の今まで忘れてたしさ」

「……本当？」

「ああ。……色々気にかけてくれて、ありがとな」

「それなら……ちょっと安心した」

ホッと一つ息を吐き、静音は目を細めて口元をほんの少し緩めた。

「じゃあ、ボディソープと食材だけ買っておく。……肉じゃが、楽しみにしてて」

「あ、ああ……うん、いや……」

なんだか、このまま静音に家事全般を任せ切りにしていたら、いつしか一人じゃ何もできないダメ人間にまで堕《お》ちていってしまいそうだ。

そもそもの話、毎朝弁当を用意して、夜も食事を作りにやって来るというのは、いくら厚意であったとしてもやりすぎだし、そこまでしてくれる理由も分からない。

もしかすると今までの行動は、彼女なりのアピールだったりするのだろうか？

「お前、毎日のように家事を手伝っていれば、いつか僕が『通い妻契約』を結んで、正式に僕の部屋に通えるようになるかも……とか思ってないよな？」

「思ってない」

静音は食い気味に、僕の問いかけを否定した。怪しい。

「一応言っておくけど、僕が契約を結ぶなんて絶対にありえないからな」

「どうして？」

「条件としてフェアじゃないからだ」

メンヘラ女子とは本来関わり合いになりたくない——というのは、静音には伏せている。

本人を前に言うのは、ちょっとばかり嫌味ったらしいだろう。

それに僕は、決して嘘《うそ》はついていない。

　料理、洗濯、掃除といった家事全般、おまけにイラスト練習のサポート──それらを静音が行う代わりに、僕の部屋を自由に出入りする権利を与える。

　彼女からすれば「家に帰らなくて済む」というメリットがあるが、だとしても僕に都合が良すぎる。同じ大学生なのに、そんな格差のある交換条件を呑みたくはない。

「何を言っても『通い妻契約』はなしだな」

「……じゃあ、もうごはんは作ってあげない」

「やっぱり契約する上での媚《こ》び売りだったのかよ」

　ていうか、最初から頼んでないし。

「あわよくば……とは思っていたけど、冗談。ごはんは今まで通り用意する」

「目的が分からないな……」

「さっきも言ったでしょ？　晋助に食べてほしいから作ってる、って」

「何で僕なんかに、そうまでして食べてほしいんだよ？」

「だって晋助、いつも美味しそうに食べてくれるから。人の役に立ってるって……勝手にだけど、誰かに必要とされているような気がして、嬉《うれ》しいから」

　幸せそうに、静音は頬《ほお》を赤らめた。

　どうやら、これは本心からの言葉らしい。

「静音は良いお嫁さんになるだろうな」

「え……それって、どういう意味……？」

「そのまんまの意味だよ。料理が上手《うま》くて、他の家事もそつなくこなせるんだったら、将来有望だろ」

卵サンドを食べ終えた僕は手を宙に泳がせて、次はどちらのサンドイッチを食べようかと考えながら、そう言った。

「……」

「……静音？」

静音は突然黙り込み、顔を隠すように俯《うつむ》いてしまう。

「別に……何でもない」

数秒後、彼女はどこか嬉しそうに、小さく声を発した。

☆

木曜日の講義は、二限目から始まる。

科目は違うものの静音も僕同様に二限スタートで履修を組んでいたため、講義室までは二人でキャンパス内を歩いていた。

「最近じゃいつもの事だけど、大学で人とすれ違うと、その度に見られているような気が

するな……」

「そう？　普通でしょ」

静音は気にも留めていない様子だったが、明らかに異様だ。

全身黒系で統一された派手な服装と対照的な色合いをした白髪のハーフツイン、そして目元を赤く染める特徴的なメイク。それだけでもかなり目立ってしまうというのに、そこに元々の顔立ちの良さも相まって、さらなる注目を集めてしまっていた。

彼女の隣を歩く僕にも多くの視線が向けられ、多少の気まずさを感じる。人と目が合うのを避けようと、僕は下を見ながら歩いた。

「オイオイオイウォオオイッ！」

唐突に、背後から怒号にも似た雄叫《おたけ》びが聞こえてきた。その声の主はあっという間に僕に接近し、正面に回り込んでわざとらしい笑顔を作ると、グイッと顔を寄せてくる。

「晋助くぅーん？　おはよぉー」

「お、おはよう。どうしたんだよ、いきなり」

「晋助君が女の子と歩いているところにすれ違ったから、挨拶しただけだよぉー？」

「それにしては近いし、すれ違ってすらなかっただろ！」

目が血走りすぎだ。怖いわ。

「あ、静音ちゃん。おはよう、今日も可愛《かわい》いね」

「……うん」

静音は僕の陰に隠れて、その不審者から距離を取った。

「おい、浩文《ひろふみ》。あんまり静音を怖がらせるなよ」

「怖がらせてねーよ。爽やかかつ紳士的に挨拶しただけだ」

「どこがだ！」

話しかけてきたのは、大学で最も親しい男友達——柳生《やぎゅう》浩文だった。

浩文には未《いま》だに静音と「コトネ」が同一人物だったという件を教えてはいないが、彼女と出会った経緯についてはぼかして語り、友達になった事も伝えていた。

静音が朝と夜に僕の部屋に通っているのも、浩文はすでに知っている。だが、それを報告した日から、僕が彼女と二人でいると毎回こんな調子で絡んでくるようになった。

浩文を迎え入れた僕と静音は、再び歩き始める。

「クソ……お前はいいよな。こんな可愛い女の子を毎日家に連れ込んでよぉ」

「連れ込んではねぇよ」

「ちょっと前まで『僕は母と妹以外の女は部屋に上げた事がない』とかカッコ付けてたくせに、あっさりと裏切りやがって……。万死だ、お前は今すぐ打ち首だ！」

それだけで打ち首されるなんて、たまったもんじゃない。

「あああぁぁ……マジで羨ましいな、この野郎！　どうせあれだろ、毎朝家に来てくれる静音ちゃんと『お兄ちゃん、いい加減起きないと遅刻しちゃうよっ』『ううぅ……あと五分だけ……』とか言い合いながら、清々《すがすが》しい朝の始まりを満喫してるんだろ⁉」

「どうして兄妹《きょうだい》設定なんだよ」

「まさかとは思うが、目が覚めたら裸エプロンをした静音ちゃんが朝食を作ってるみたいな、新婚生活プレイじゃないよな……？　お前、そっち派だったりしないよな⁉」

「そんな派閥どこにもねぇよ。ていうか、どうして裸エプロンなんだよ」

「寝て起きたら裸の女が部屋にいるとか、全世界の男が望む光景だろ？」

「静音が近くにいるのに、よくそこまで色欲を丸出しにできるな……」

浩文のしょうもない思考に、僕はひどく呆《あき》れてしまう。しかし、彼が何の気もなしに発した言葉は、不思議と僕の頭にしばらく残っていた。

……新婚生活、か。

僕と静音は結婚どころか、付き合ってすらもいない。だというのに、彼女が足繁《あししげ》く僕の部屋に通っている状況は、どことなく新婚生活に通じているように感じた。

僕は視線を浩文から静音へと移し、地雷系ファッションの上にエプロンを掛けて家事に勤《いそ》しむ彼女の姿を、ぼんやりと思い浮かべる。

地雷系とエプロンの組み合わせはかなり異質ではあるものの、静音ほど整った容姿であれば、どんな服でもそつなく着こなしてしまいそうな気がした。

地雷系が苦手な僕でさえそう思うのだから、この感覚はきっと間違っていないだろう。

「……晋助？」

静音は僕の視線に気が付き、上目遣いで首を傾《かし》げた。

「い、いや……っ！　別に何でもない……」

咄嗟《とっさ》に両手を左右に振って、僕は慌てて誤魔化《ごまか》した。

エプロン姿を想像していたなんて、本人に言えるわけがない。

「ダウト。その動揺からして、静音ちゃんで卑猥《ひわい》な妄想でもしてたんだろ。隠さず正直に言え、このムッツリドスケベが！」

「卑猥な妄想なんて一切してない。つか、浩文にだけはムッツリ呼ばわりされたくないんだけど」

「俺はムッツリじゃなくて、真正のドスケベだ」

みっともないから、誇らしい顔をするな。

「晋助は、ムッツリドスケベなの？」

静音は真面目な表情のまま、僕の顔を覗《のぞ》き込む。

「頼むから、浩文の戯言《たわごと》を本気で受け止めないでくれ……」

「戯言じゃないだろ。デスク下に収納してあるイラスト資料に混じって、Rが付く同人誌が大量に隠されてるのくら――痛っ！」

浩文の肩を思い切り叩《たた》き、「これ以上はやめておけ」と釘《くぎ》を刺す。

「同人誌って、ＢＬ？」

予想外にも、静音が興味を示してしまった。

「ああ、男根入り乱れる過激なやつだ。なっ、晋助！」

「なっ、じゃないだろ！ ……普通の男性向けだ」

「なんだ……」

静音は少し肩を落とし、残念そうに呟《つぶや》く。

「お前は僕に腐男子であってほしいのかよ」

「男にしか興味がないなら、少しだけ安心できた」

何を安心できるというのだ。

「晋助は普段、どんな同人誌を読んでるの？」

「いや……どんなって……」

どうして朝っぱらから大学で、僕は性癖を問い詰められているのだろうか。

「隠さなくて平気。私は別に、晋助がドラゴンと自動車のまぐわいで性欲を満たす変態だったとしても、ドン引きせずにある程度は受け止める覚悟でいるから」

「僕の性癖偏差値はそこまで高くねぇよ！」

「そうだぜ、静音ちゃん。心配せずとも、こいつの性対象は人外じゃなくって普通に人だからさ。だよな、凌辱《りょうじょく》マニアの晋助君っ！」

「お前はさっきから堂々と嘘をつくな！」

「でも、確かに見たぞ。コンビニで万引きした女の子を捕まえてってやつ」

「お前、故意に僕の立場を悪くしようとしてないか……？」

「その同人誌に憧れて、コンビニでバイトを始めたくらいだもんな！」

「……晋助、卑猥」

静音も静音で、浩文の発言を真に受けすぎだ。コンビニが舞台の薄い本は、数冊持ってはいるけれども。

「まっ、晋助がコンビニで制服姿の九条《くじょう》先輩をオカズにしてるってのは置いといて」

「誰もそんな話してないだろ！」

「……くじょー先輩？」

静音はふと、どこか険しい表情を浮かべた。

「……？　なぁ、晋助。九条先輩の事、静音ちゃんに言ってないのか？」

「ああ、言ってなかったな」

「そういうのは早めに伝えとかないと、後で揉《も》めるぞ？」

「訊《き》かれてなかったし、そもそもあいつとはただの幼馴染《おさななじみ》だし」

「……幼馴染」

視線を斜め前に落とし、静音は重たい声音でその単語を口にした。

「ねぇ。幼馴染って、女……？」

「え……？　あ、ああ。女だけど」

「……名前は？」

「く、九条千登世《ちとせ》……」

「……くじょー、ちとせ。……その人と幼馴染で、バイト先も一緒なの？」

「お、おう……？」

千登世に関する質問を、静音は僕にいくつも投げかけてきた。

コンビニの駐車場でされた質問攻めを、つい思い出してしまう。

「その人……可愛い？」

「俺的には、可愛いというより綺麗《きれい》系だな。見方を変えれば、激可愛くもある！」

「お前が答えるなよ！　……小さい頃からずっと一緒だから、可愛いとも綺麗だとも僕は特に思わないけど、顔は整ってる方……かな」

「……ふーん」

静音はジト目で僕を見つめてから、不貞腐《ふてくさ》れたようにスンッと目を逸《そ》らした。

「晋助、お前は本当に女心というものを分かっていないな」

「それをお前が言うか？」

「もっと俺を見て学びたまえよ、晋助君」

静音がいるにもかかわらず下品な話題を振ってくるような男が、女心を分かっていると
は到底思えない。

そうこう話をしているうちに、僕達は講義室に辿《たど》り着いた。僕と浩文はこれから同じ講
義を受けるが、静音とはここで解散となる。

「それじゃあ、またな。静音」

「うん。また夜に行く」

「いや、今日はバイトがあるんだけど……」

「だったら、帰ってくる時間を目処《めど》に行く」

「……さすがに、もう少し頻度を減らしたらどうだ？」

僕は遠回しに、感じていた事を静音に伝えた。

彼女は不安げな顔をして、「何で？」と僕に尋ねる。

「家事や手伝いをしてくれるのはありがたいし、正直助かってる。けど今の状況だと、結
んでもない『通い妻契約』を、実質結んでるみたいになってるだろ？」

たまになら部屋に上げるとは言ったが、このままでは大学卒業まで……下手をすれば卒
業後も、延々と僕の部屋に通い続ける可能性だってありえなくない気がする。

「今日は僕の事なんて気にせず、自由に過ごせよ。家には帰らないにせよ、もっと自分の

ために時間を使うべきだって」

静音の今後を考えれば、この生活を習慣にさせるべきではない。

そろそろ僕の口から、はっきりと言っておくべきだろう。

「弁当や食材を持ってきても、今日は部屋に上げないからな。次に来るのはせめて、何日か日を空けてからにしておけよ」

「……わかった」

静音はどこか悲しげに、消え入るような声でそう返答する。しかし、口では了承しているものの、彼女の顔は納得できないといった様子だった。

☆

木曜の二限から四限の講義を乗り越えた後は、十七時から二十二時までコンビニバイトの予定が入っている。

「いつも眠そうにしてるのに、珍しい日もあるもんだねぇ」

時刻は二十一時——バイト終了まで、残り一時間。

この時間ともなると客足は遠退《とおの》き、永遠と思えるくらいに退屈な時間が続く。

一通りの業務を終えた僕と千登世は、肩を並べてレジ前に立ち、雑談で暇を潰しながら客の来店をしばらく待っていた。

「まぁ、ちょっと色々あってな。最近はよく眠れてたんだよ」

「もしかして、夜な夜なえっちぃビデオを見るのをやめたとか？」

「そんなの最初から見てねぇよ」

「うっそだぁー。前日にマスをかいたのくらい、顔を見れば誰でも分かるよ？」

「顔だけで判別できるわけないだろ！」

僕がここ数日よく眠れていた理由は、静音が家事を手伝ってくれていたからだ。彼女のサポートのおかげでイラスト練習を始める時間が早まり、それに伴ってここ最近は睡眠時間を十分に確保できるようになっていた。

今日は講義前に静音を突き放すような事を言ってしまったが、短い期間ではあるものの、彼女が僕の生活を支えてくれていたのは事実だ。

静音が別れ際に見せた表情を思い返すと、もっと違う言い方で伝えるべきだったのではないかと、若干の後悔と反省が徐々に募っていった。

「あ……そうだ。晋ちゃん、マスと言えばだけどさ」

「マスと言えばだけどさ……？」

唐突に耳に入ってきた千登世の言葉に戸惑いを覚え、僕は彼女が口にした言葉を食い気味にそのまま繰り返した。

「知ってる？　あのマスカキ共のサークル」

「それを言うなら、マセガキじゃないか……？」

何だよ、マスカキって。マセガキよりもだいぶ直接的なエロ野郎じゃないか。

「あ、それそれ」

「『遊呑《ゆうの》み』って名前のサークル、聞いた事ある？」

「いや、一度もないな。有名なのか？」

「三年の間だと結構有名かな。活動自体はよくある『飲みサー』とほとんど変わらないんだけど、最近そこから何度も飲みに誘われててさ。しつこすぎて嫌になっちゃうよ」

千登世はうんざりとした顔で、僕に愚痴を溢《こぼ》す。

「珍しいな。千登世が飲み会の誘いを嫌がるなんて」

彼女は様々なサークルに顔を出していた事もあって、年柄年中各所から飲み会の誘いを受けている。

バイトがある日はさすがに誘いを断っているようだが、予定が空いている日に誘われれば大体は乗り気で参加しているらしい。

「そのサークル、悪い噂《うわさ》ばっか聞く所でね。去年のミスターコンで四位だかになった三年の男子が代表をしてるんだけど、手当たり次第に女の子を誘っては酔わせて、最後は無理《むり》矢理《やり》……って感じらしくてさ。所謂《いわゆる》『ヤリサー』ってやつだよ」

千登世は腕を組んで訝《いぶか》しげな表情を浮かべながら、「酔わせ方も相当酷《ひど》いらしいんだけど、実際どうなんだろうねぇ」と、言葉を続けた。

縁遠い話すぎて現実感が湧かないが、そういう集まりって本当に実在するんだな……。

「そんなサークルに目を付けられて、毎回どう誘いを断ってるんだ？」

「そりゃあ勿論《もちろん》、全員の金的をこうパシーンッ！　……てね。話の通じない輩《やから》は、真下から思い切り蹴り上げてやってるよ」

千登世の蹴り上げた足が僕の胸元にまで迫り、思わずビクッと体を震わす。

「ここまで暴力的な断り方されたら、二度と飲みになんて誘ってこないだろ」

「いやー、それが実は誘われる回数が日に日に増えてってさぁ」

「ドMの集まりじゃねぇか」

「まぁ、断り方に関しては冗談だよ。ちょっと期待した？」

「どこにも期待する要素ないだろ、今の話から」

「金的されたそうな顔してたから」

「お前の日には僕がどう映っていたんだ⁉」

それで興奮できるほどの変態性は、生憎《あいにく》持ち合わせていない。

「晋ちゃんも気を付けなよ？　ヤリサーに目を付けられないように」

「普通に男は狙われないだろ」

「可愛《かわい》い子は狙うでしょ、普通」

千登世は真剣な顔つきで、僕に言う。

「それにほら、『可愛い子にチンチンが付いてるとお得』ってよく言うじゃん？」

「どこもお得じゃないだろ。そもそも可愛くないし」

「そうかなぁ。最近なんて、特に女の子っぽくて可愛いと思うよ？」

「女の子っぽいって……。何を根拠にそんな事を言ってるんだ？」

「んー、香りとか？」

「洗剤は変えてないし、香水を付けた覚えもないぞ」

「んー、そういうんじゃなくてさ？　どこか違う気がするんだよねぇ」

僕に顔を近付けて、千登世は犬のようにスンスンと匂いを嗅いできた。

店内に客が一人もいないのをいい事に僕の周囲をウロウロと回ったり、立って屈《かが》んでを繰り返したりと、とにかく好き放題に全身を隅々までチェックしていく。

変態的な行動を取る千登世に蔑みの視線を向けたが、彼女は気にも留めていない。

屈んだ状態で匂いを嗅ぐのを中断すると、千登世は上目遣いで僕の瞳をジーッと見つめ、何かを疑うように首を傾《かし》げた。

「晋ちゃんさ、彼女でもできた？」

「……っ!?」

千登世の言葉に、僕は大きく動揺する。

別に彼女ができたわけではない。——が、特定の女子とは一緒に時間を過ごしている。

まさか、匂いだけで勘付かれてしまうとは……。

千登世には未《いま》だ、静音との関係は伏せたままにしている。

特別隠す必要もないが、幼馴染の千登世すらも上げた事がない部屋に、出会ってから日の浅い静音を何度も上げているというのは、少しばかり言い出しづらいものがあった。

「その反応、図星だね」

「いや……それは、その……」

「最近の晋ちゃん、どことなく様子がおかしいと思ってたんだよねぇー」

さすがは幼稚園からの腐れ縁。隠し事の一つもできやしない。

千登世はニタニタと笑みを浮かべながら腰を上げ、誇らしげに腕を組んだ。

「じっとりねっぷりと舐《な》め回すように、話を聞かせてもらおうかな?」

「せめて、じっくりと聞くだけにしてくれ……」

それから僕は、静音と出会ってからの出来事を千登世に語った。彼女がパパ活をしていた事だけは一応言わないでおいたが、それ以外は全てを打ち明けた。

「なるほどねぇー」

「一度の説明で理解できたのか?」

「出会いの部分はちょっと分からないけど、要はメンヘラ女子の琴坂静音ちゃんが毎日部屋に来て、家事とイラスト練習の手伝いをしてくれてる、って事でしょ？」

「本当は『たまになら部屋に上げてやる』って、許可を出したはずなんだけどな……」

「バイトから帰ったら、また今日もその子が来るの？」

「いや、今日は来ないと思う。本人にも注意しておいたし」

「そっかぁ。……にしても、晋ちゃんがまた女の子と関わるようになるなんてねぇ」

千登世は過去のトラウマ――僕の恋愛経験を知る、数少ない一人。

昔から僕の相談を聞いてくれていた彼女は、僕が女子と関わっている――それも、苦手とするメンヘラ女子と関わりを持っているのが、意外で仕方がないようだった。

「そのメンヘラ女子に、何か特別な思い入れでもあるの？」

「特別な思い入れ、か……」

あると言えば、確かにある。中学一年生の頃に交際していた元カノに似たような部分を感じ、どうにも放ってはおけなくなったなんていう、あまりにも未練がましい理由が。

「もしかして、中一の時に付き合ってた元カノちゃんの面影を感じた……とか？」

「……怖いくらい何でもお見通しだな。まさにその通りだよ」

「わぁお、予想的中。けど、その子と今の子は、全くの別人なんだよね？　運命の再会とか、そういうわけでもなさそうだし」

「ああ。全くの別人だ」

「だったら、今は難しいのかもしれないけど、二人を重ねて見るのはやめておいた方がいいよ。元カノちゃんにも、琴坂静音って子に対しても、失礼になるからね」

静音は静音であって、元カノではない。

それを「似ているから」という理由だけで優しく接するのは、彼女を元カノの代わりとして見ているようなものだ。

千登世と話をしていると、自分の嫌な部分が浮き彫りになっていくようだった。

「いやぁ……まさかあの晋ちゃんが、またメンヘラを保護するなんてねぇ」

「保護はしてねぇよ。静音は犬でも猫でもないぞ」

「人は人でも、アタシからしたら泥棒猫みたいなものかな？」

「泥棒猫って……」

人聞きの悪い。静音は物を盗むどころか、僕に食べ物を与えている側だ。

「あーあ。なんだか嫉妬してきちゃうよ、話を聞いてたらさ」

「嫉妬？」

「幼馴染《おさななじみ》のアタシですら入った事がない晋ちゃんの部屋に、大胆にも出会ったその日にお邪魔したんでしょ？　羨ましいったらありゃしないね」

「それは僕も、千登世に申し訳なさを感じてるけどさ……」

「それで？　その子とはヤったの？」

「ヤるわけないだろ！」

「家事って性処理は含まれないの……!?」

「驚いた顔をするな！」

本気で言ってるなら、貞操観念を疑うぞ。

「私と『通い妻契約』を結んだら、バッチリ含まれるよ？」

「含めるな。そもそも結んだところで、肝心の家事ができないだろ」

外では一見何でもできる完璧女子のような扱いを受けているが、千登世の整理整頓のできなさや料理の下手さは、幼い頃からよくよく知っている。

「ふっふっふっ……。見くびってもらっては困るなぁー」

「どこかしらに成長があったのか？　実家の部屋はいつ行っても、脱いだ服と教科書でとっ散らかってたけど」

「こう見えて一人暮らしを始めてから、部屋はいつも綺麗《きれい》さっぱりだよ」

「すごいな。一人暮らしって、そこまで人を変えるのか」

「勿論、全部どっかになくしてね」

数秒前の感心を返してくれ。

「考えたくはないけど、服とか盗まれたりしてないか……？」

「いやいや、そんなわけないって。アタシの部屋、マンションの四階だよ？」

確かにそれなら、ベランダに洗濯物を干していてもそう簡単に盗まれはしないか。

「まぁ、ちょっとした冗談だよ。綺麗にしてるのは本当だしね」

「やっぱり、多少は成長するものなんだな」

「散らかったらすぐにビニール袋に詰め込むようにしてるし、常に綺麗だよ」

「服も教科書も捨ててるだろ、それ！」

「え、だからどこを探しても見当たらなかったの？」

「何で記憶にないんだよ……」

「掃除とか片付けって面倒臭いでしょ？　だけど嫌々やるのもよくないから、いつもお酒飲みながらノリノリでやってるんだよね」

「酒癖が悪すぎる！」

何も考えず捨て続けていれば、そりゃあ部屋も綺麗になる。

千登世は話に一区切りつくと「んーっ」と伸びをして、店内を見渡しながら話題を切り替えた。

「あんま気にしてなかったけど、お客さん全然来ないね」

「言われてみれば、そうだな」

普段のこの時間帯だったら、途切れ途切れでも多少は客が入ってくる。

千登世はレジカウンターの中央に立ち、踵《かかと》を上げながら外の様子を窺《うかが》った。

「……って、晋ちゃん晋ちゃん！」

彼女は僕を手招きしてから、窓の外を指差す。

「外、土砂降りになってない？」

「え……？　あ、本当だ……」

いつの間にか、外は豪雨となっていたようだ。

入店してくる客もいなければ、店内ＢＧＭによって雨音も掻《か》き消されていて、今の今まで気が付かなかった。

「晋ちゃん、傘持ってきてる？」

「いや、持ってないな……」

「だよねぇ。私も持ってきてないや……。予報では曇りだったんだけどなぁ」

「天気予報もあてにならないからな」

「空に叫んだら晴れるかな？」

「どこの青春アニメだよ」

持ってきていないものは仕方ない。バイト終了までに雨が止《や》むのを祈り、もしも豪雨が続くようであれば、勿体ないがビニール傘を買って帰るほかなさそうだ。

──テレテレテレ。

入店音が突然鳴り響き、同時に外の雨音が店内にまで降り注がれる。

タバコ棚に預けていた背中を慌てて正し、僕は真面目な店員を装った。

「いらっしゃいませー」

「い、いらっしゃいませー……って──はぁ!?」

千登世に続いて挨拶しようとするが、入店した客が視界に入った瞬間、僕は思わず声を荒げてしまう。

彼女は傘に付いた水滴を外に向けてバッバッと払い、靴裏の汚れを玄関マットに擦《こす》ってから、レジカウンターへと一直線に歩いてくる。

琴坂静音──全身びしょ濡《ぬ》れとなった彼女の姿が、そこにはあった。

「どうしてお前、ここに来たんだよ……？」

「仮にも私はお客様。もう少し使う言葉は選ぶべき」

「あ……うん。いらっしゃいませ」

「よろしい」

なんて上から目線の客だ。

「『今日は来ても上げない』って言ったはずだけど、まさか覚えてないのか？」

「私が『上げない』って言われたのは、晋助の部屋。『コンビニに来るな』とは、一言も言われてない」

その通りではあるが、屁理屈《へりくつ》にもほどがある。

「それで、わざわざここのコンビニにまで来た目的は何だよ？」

「傘……持ってないだろうなって、思ったから」

静音は手持ちのトートバッグから折り畳み傘を取り出し、僕に見せた。

「……っ。……わざわざ僕のために、届けに来てくれたのか？」

「うん。……あと、お弁当」

次いでランチバッグを手に取り、カウンターの上に置く。

「今日、晋助は私に『もっと自分のために時間を使うべきだ』って言ったけど、晋助にお弁当を作るのも、自分のためだから」

「……そうかよ」

少し照れ臭くなり、僕は顔を背けて頬《ほお》を掻いた。

ここまでされたら、静音の気持ちを無下にするわけにもいかない。

僕は「ありがとう」と小声で感謝を述べ、彼女から傘と弁当を受け取った。

「ちょいちょい」

「ん……？」

千登世は僕の肩をトントンと指でつつき、耳元で囁《ささや》いた。

「この子がもしかして、噂《うわさ》のメンヘラちゃん？」

「……ああ」

僕から体を離すと、千登世は静音の全身をくまなく眺める。

「……誰？　この失礼な人」

静音は露骨に嫌そうな顔を浮かべ、ゴミを見るかのような目で千登世を睨《にら》んだ。

「いやぁ、ごめんごめん。確かに、服の系統は似てるかもなぁーってね？」

「似てる……？」

「こっちの話だから、お気になさらずー」

「……そう。ねぇ、晋助。この人が今朝の浩文との話で話題に出てた幼馴染？」

「なんだ、もうアタシの事は知ってるんだ」

静音は目を細めて、千登世が付けている名札を確認する。そんな静音を前に千登世はにこやかに笑って、カウンター越しに彼女へと手を差し伸べた。

「アタシは九条千登世。城下大の三年生で、晋ちゃんの幼馴染」

「……二年、琴坂静音」

ぶっきらぼうに、静音も名乗る。

「晋助。この女にはどこまで、私の事を話したの？」

「えっと……部屋に来て家事をしてくれたり、イラスト練習に付き合ってくれたり……って事くらいだな」

「そう。じゃあ、パパ活については言ってないんだ」

「言ってないけど……って、お前、何で今それを言うんだよ！」

「別に隠してないし」

静音は堂々とした口振りで、「それに、今はしてないから」と言葉を続けた。

「パパ活かぁ……。なるほどねぇー」

千登世は意外そうにわざとらしく頷《うなず》いた後、静音には聞こえないくらいの微《かす》かな声量で、

「噂は本当だったんだなぁ」と呟《つぶや》いた。

……噂？　一体、何の話だ……？

「とりあえず、静ちゃんには事務所で待っててもらえば？」

「いや、どうしてだよ」

「わざわざ傘とお弁当を持ってきてくれたんだよ？　貰《もら》うだけ貰って用が済んだら『はい、帰れ』なんて、とんだヤリ捨て野郎だよ。捨てるのはお姉ちゃんだけにしておきなって」

「誤解を招くような嘘《うそ》をぶっ込むな！」

「ヤリ捨て……？　晋助、この女と寝たの？」

「んなわけないだろ！」

「んなわけなんかなくないウォウウォウ」

「飲み会ノリでコールするな！」

「まぁさ？　とりあえず、今は待っててもらおうよ。静ちゃんはわざわざ雨の中、私達のために傘を届けに来てくれたんだよ？」

「傘は晋助に届けただけ。あなたにではないから、勘違いしないで」

「お、ツンデレだねぇ」

「この言い方にデレなんて微塵《みじん》も含まれてないだろ」

女子二人の会話からはどこか不穏な空気が漂っているけれど、これは放置しても大丈夫なやつなのか……？

「そういえば、静音は今日ここまで何で来たんだ？　まさか、いつもみたいにママチャリに乗ってきたわけではないよな？」

「今日は電車。ここまでは駅から歩きで来た」

「豪雨なのに歩きって、ガッツあるねぇ」

傘を差していたとはいえ、静音は相当な量の雨を浴びている。

彼女はなぜ、ここまで僕のために体を張ってくれるのだろうか？

「やっぱり、今日は部屋に上がってけよ。このままだと風邪引くだろうから」

「え……いいの？　本当に？」

「こんな悪天候の中で傘を届けて、それに弁当まで作ってきてくれたわけだしな」

見た感じだと、今の豪雨はおそらくにわか雨だ。バイト後にしばらくマンションで待機していれば、終電の時間くらいには雨も落ち着いているだろう。

「ひとまず、事務所で暖を取っとけよ。タオルは従業員用のを貸すから、それで一旦水滴を拭き取ってさ」

レジカウンターの中へ静音を招き入れ、奥の事務所へと案内する。

「コーヒーでも買ってくるから、そこの椅子に座って待っててくれ」

「……ありがとう。けど……平気なの？　部外者を入れて」

「心配せずとも、別にバレないって。もし何か言われても、うちの店長は物分かりが良いから、話せば納得してくれる」

「……そっか」

静音にタオルを手渡すと、彼女は顔をぽんぽんっと優しく叩《たた》いて水気を取り、鼻と口を覆って僕の瞳をジッと見つめた。

「私……晋助の役に立ててる？」

「え……。まぁ……そうだな」

同級生を「役立っている」と言うのは些《いささ》かどうかと思うが、あえてどちらかと言うのなら、だいぶ……いや、かなりやりすぎなくらい役立っている。

「もっと必要とされるように、頑張る」

「……そうかい」

「んー、いいねぇ。やっぱり妬《や》けちゃうねぇー」

レジカウンターから僕達の会話に聞き耳を立てていた千登世が、音も立てずにゆらりと僕の背後に現れて、グッと肩を摑《つか》んできた。

「どこに妬ける要素があるんだよ、この状況の」

「そりゃあ、アタシ以外の女の子に優しくしてる晋ちゃんを間近で見せ付けられたら、年《とし》甲斐《がい》もなく嫉妬しちゃうって。いやぁ、若さが憎いよ。歳《とし》は取りたくないものだねぇ」

僕と一学年しか違わないくせに、何を言っているんだ。二十代前半の分際で。

「しかも、目の前で晋ちゃんの部屋に上がる約束を取り付けた女の子がいるんだよ？　そんなの晋ちゃんファンクラブ会長としては、妬み妬んで病みまくり案件だよ」

「会員なんてお前しかいないだろ……」

「私は何度も拒否されてたっていうのに、静ちゃんはしれっと部屋にお邪魔できたみたいだから、不公平だなぁー、ってね？」

親に物をねだる子供のように瞳を輝かせながら、千登世は体をクネクネと捻《ひね》ってアピールしてきた。

「つまり、僕の部屋に私も招待しろ、って事で合ってるか？」

「おっ、さては読心術を心得てるね？」

「こんなに分かりやすいねだり方、なかなか見ないだろ」

僕は「はぁ……」と深く溜《た》め息をつく。

「まぁ、来たければ来ていいよ」

「え、行っていいの？　そんな簡単に？」

「別に、千登世は旧知の仲だしな。今まで拒んではいたけど、千登世から本気で部屋に上がってみたいって言われたら、普通に入れてただろうし」

「ん？　今『中出し』って言った？」

「セリフから変な風に抜粋するな。旧知の『仲だし』って言ったんだよ」

「冗談だって。そんなカリカリしないでよ」

このタイミングでふざけてくるなよ。調子狂うから。

「……それで、いつマンションに来るつもりなんだ？」

「だったら、お言葉に甘えて……今日にでも行っちゃおうかな？」

「「はぁぁ……!?」」

僕の――いや、僕と静音の声が、同時に事務所で木霊《こだま》した。

「ちょっと待て、いくら何でも急すぎるだろ!?」

「お互い一人暮らしだし、問題ないよ。それに、静ちゃんを初めて部屋に上げた時だって急だったんでしょ？　一人や二人来客が増えても、大して変わらないって」

「変わるか変わらないかは、僕の判断によるだろ……」

実際、部屋に来るのが一人から二人に増えたところで変わりはないが……。

僕は黒目だけ動かして、静音の表情をチラリと窺《うかが》った。

「…………」

静音はムッと眉間に皺《しわ》を寄せ、威嚇するように鋭い眼光を千登世に突き刺しながら、

「……晋助がいいなら、別に」

と、あからさまに不服そうな態度で納得した。

本当に、この二人を同じタイミングで部屋に上げて大丈夫なのだろうか？　頼むから、僕の部屋で問題だけは起こさないでくれよ……？

☆

「おっじゃましまーす」

玄関の扉を開けると、千登世は「一番乗り」と言わんばかりに部屋へと上がり込む。

「……本当に邪魔」

悪態つくような一声を添えて、静音も千登世の後に続いた。

「……不安だ」

そんな二人の背中をぼんやりと眺めながら、僕は静かに扉を閉める。

バイト終了後、僕は静音と千登世を連れ、激しい雨の中やっとの思いで無事にマンションへと帰ってきていた。

「風呂を沸かしておくから、二人は先にリビングで待っててくれ」

僕は洗面所の戸棚から三枚のタオルを取り出して、二人に一枚ずつ手渡した。

「おっ、晋ちゃんは優男だねぇ」

「冷やかす前に体が冷えないようにしろ」

タオルを受け取るや否や、千登世は通い慣れた家を歩くように一直線でリビングへと向かい、豪快に扉を開く。

「広くて綺麗《きれい》な部屋に住んでるねぇ。大学も駅もバイト先も近いなんて、超優良物件にもほどがあるよ」

「何度も聞いてる気がするな、それ」

僕は風呂の準備を終えてから、リビングへと入る。

「二十分くらい経てばお湯が張るから、そしたらどっちか先に入っちゃえよ」

「晋助が先じゃなくていいの？」

「僕は後でいいよ。お陰様でそんなに濡《ぬ》れてないし」

「さてはアタシ達に先に入らせて、後から残り湯を飲む魂胆だね？」

「僕がそんなテクニカルな変態に見えるか⁉」

「大丈夫だよ、晋助。今のところ人畜無害にしか見えないし、残り湯を飲んでいたとしても『エコな人なんだな』って解釈になって、変態には映らないから」

「それもそれで失礼だし、明らかにエコの範疇《はんちゅう》を超えてるからな……？」

静音のフォローに肩を落としつつ、僕は二人の着ている服に視線を移した。

僕は静音から借りた折り畳み傘を一人で使っていたが、彼女達は違う。二人で一本の傘に入っていたせいで、静音と千登世は全身が雨に濡れてしまっていた。

「とりあえず、服をどうするか……」

二人の服の濡れ具合からして、乾かすにも結構時間がかかってしまいそうだ。

「バスタオルやドライヤーはそのまま貸せるけど、着替えがないのだけは何とかしないとな……」

「バスタオル……？　晋ちゃんの匂いが繊維の隅々にまで染み込んだバスタオルを貸してくれるの……⁉」

「そのつもりだったけど、変態に貸し出すのは気が引けるな……」

「えぇー、そんなのずるいじゃーん。サンプル映像はハイクオリティなのに、肝心な本編が手抜きなアダルトビデオみたいにひどいじゃーん」

「例えるならもっと分かりやすく例えてくれよ」

「生殺しもいいところだ、ってね」

バスタオルごときに過度な期待を抱くな。

「一応確認だけど、二人は服の替えなんて持ってないよな？」

「アタシは持ってないかな。バイト着は上も下も置いてきちゃったし」

「私も持ってきてない」

僕からの質問に、二人は首を横に振った。

「二人がよければだけど、一旦は僕の服を着ておくか？」

「晋ちゃんの服……？　晋ちゃんの匂いが繊維の隅々にまで染み込んだ服を……!?」

「千登世は全裸で過ごしたいのか？」

「いきなり手厳しいなぁ。まぁ、晋ちゃんにだったら裸体くらい晒《さら》せるけどさ」

「やっぱり貸すから、着ていてくれ。……それで、静音はどうする？」

「……私も、晋助の服が着たい」

「わかった。……となると、あとの問題は下着類……だな」

ブラジャーと女性用パンツに関しては、無論だが部屋に代用品はない。

静音のスカートと千登世のショートパンツを、僕は視界の隅にチラリと映した。

「ちなみに……訊《き》きづらいけど、二人とも下着まで濡れてるか？」

「上は平気だけど、下はおしっこ漏らしてもバレないくらい濡れてるかな」

「かなり大惨事だな」

「私も、下は結構」

やっぱりか……と、僕は右手で頭を抱えた。

「さすがに、僕の下着を貸すわけにもいかないしなぁ……」

「私は別に、晋助のパンツを穿《は》いても構わないけど」

僕のパンツを穿いている静音の姿が、不意に頭上に浮かぶ。

「いや……いやいやいやいやいやいや。ダメだろ、これに関しては」

頭を左右に激しく振り、妄想を掻《か》き消した。

「アタシもパンツ被りたいなぁ」

「パンツは穿くものだ！」

静音ならまだしも、千登世にだけは貸したくない。

「別に私は、ノーブラにノーパンでも構わない」

「それも却下だ！」

僕だって男だ。ちょっとは警戒しろ。

「けど、家ではノーブラで過ごす時もある」

「百歩譲ってブラの有無はいいとしても、衛生的にもパンツは穿くべきだ」

「なら、下着だけはこのまま使う」

「ああ……悪いけど、そうしてくれ」

「今度からここに、何着か予備の下着を置いておく」

「ああ……いや、うーん……それはちょっと……」

もしも浩文に見つかったら、大変な事態が起きてしまいそうだ。

「ひとまず、僕は静音が作ってきてくれた弁当を食べようと思うんだけど……二人はどうするんだ？　風呂から出たら何か食べるのか？」

「アタシは平気だよ。コンビニでお酒買ってきたし」

「酒は晩飯にならないだろ」

「勿論《もちろん》それ以外も買ってあるって。からあげ串にポテチ、それとカップ麺なんかもさ」

「高カロリーな食い物ばっかりだな……。普段からこんな食生活なのか？」

「当たり前だよぉ。アタシもまだまだ成長期だし！」

千登世は組んだ腕で下乳を持ち上げ、胸を強調してみせた。

今はまだ若いから体型をキープできているが、毎日のようにこんな食事を続けていたら、いつの日か胸と腹の境目が服越しでは分からなくなってしまいそうである。

「千登世はデブ活用の飯があるみたいだけど、静音は？」

「私は家で食べてきたから平気」

「そうか。何かつまみたくなったら言ってくれ。菓子パンか冷凍食品でもよければ、すぐに用意できるから」

リュックからランチバッグを取り出し、ローテーブルの上に中身を広げる。

「わあぁー。静ちゃんの手料理、すっごく美味《おい》しそうだねぇ」

千登世は弁当の中身を見て、興奮混じりの声を上げた。

「……別に、普通」

静音は赤く染まった顔を隠すように、慌ててそっぽを向く。しかし、千登世に褒められて悪い気はしていないようだった。

二段弁当の上は胡麻《ごま》が振られた白米で、下は黒胡椒で味付けされたポテトサラダと、もう半分は味のよく染み込んだ肉じゃがで構成されている。

「今朝に約束した通り、作ってきたんだけど……どう？」

静音はチラリと僕に視線を向け、反応を窺った。

「ああ、めちゃくちゃうまそうだよ。ありがとうな」

感謝を伝えると、彼女は微《かす》かに笑みを溢《こぼ》した。

「晋ちゃんも隅に置けないねぇ。毎日こんな可愛《かわい》い子にごはん作らせてさー？」

「別に作らせてるつもりはねぇよ。……もう食べてもいいか？」

静音が頷《うなず》いたのを確認し、僕は「いただきます」と手を合わせる。

わざわざ持参してきてくれた箸を手に取り、肉じゃがを摘《つま》んで口に運んだ。

「ん……これ、美味しいな」

「……よかった」

味の感想を聞いた静音は、安心したように息を吐く。

「アタシも一口食べたいなぁー？」

「許さない」

「ぶー。静ちゃんのいけずぅ」

「晋助次第」

「えぇー……。まぁ、一口くらいなら……」

「おっ。それじゃあ、遠慮なくいただくよ！」

千登世は本当に遠慮なく、それでいて行儀も悪く、肉じゃがの中でも特に大きめな豚肉をヒョイッと指で摘み、口の中へと放り込んだ。

「うんうん。……これは日本酒なしでは語れない味だね」

おもむろにコンビニの袋から缶の日本酒を取り出した千登世は、栓を開くとたった一口の肉じゃがを酒と共に体内へと流し込む。

「……ぷはー。仕事終わりの一杯は効くねぇ……。晋ちゃん晋ちゃん、もう一口、もう一口だけ豚肉を恵んでくれはしない？」

千登世は豊満な胸を僕の体に押し当て、懇願してきた。

こいつ、一口飲んだだけでもう顔が赤くなってないか……？

「一口だけって言っただろ。てか、まさか今のだけで酔ってはいないよな……？」

「先っぽだけでいいからぁ」

「肉じゃがに先っぽはねぇよ！　自分で買ってきた物でも大人しく食べとけ！」

よくよく思い返せばシラフでもこんな雰囲気と喋《しゃべ》り方だし、酔っているかの判別は微妙にできそうになかった。

「……にしても、本当にうまいな」

肉じゃがもそうだが、ポテトサラダも文句なしでうまい。栄養面も考えられていて、自分で料理をするよりも静音に任せた方が断然いいような気がする。

「静音は家事なら大体できるし、一人暮らしを始めても苦労が少なそうだよな」

「そうかな。けど、いざ一人暮らしを始めたら、自炊なんてしないと思う。今は人のために作ってるから、続けられているだけ」

「まぁ確かに、自分一人のためにってなると、おざなりにしちゃうかもな」

「シェアハウスとか同棲《どうせい》の方が、私には合ってそう」

「今の様子を見てると、僕もそう思うよ」

誰かのために動けるというのは、静音の長所でもある。

たとえそこに「僕の部屋に通う」という目的があったとしても、静音は今日、僕のためを思って雨に打たれながらも傘を届けに来てくれた。

静音一人ではパパ活のような良からぬ方向に進んでしまう時もあるのだろうが、誰か一人とでも密接な関係を築いて日々を過ごせるのなら、その心配も少なく済む。

「晋助は一人暮らしをしていて、実家に帰りたくならないの？」

「こっちに来てすぐは、完全にホームシックだったな。最初は家事もろくにできなかったから、全くやる気も起きなかったし。……一人で生活するようになってから、親のありがたさを痛感したよ。『ああ、こんなに家事って大変だったんだ』ってさ」

「そう思えるって事は、晋助の親はきっとすごく立派な人なんだろうね」

「お前も一人暮らしを始めたら、案外そう思えるかもしれ……いや、ごめん」

ふと静音の横顔が視界に映り、僕は全て言い切る前に口を噤《つぐ》んだ。

家に帰りたくない。一人暮らしがしたい。自立がしたい。——考える人は多くても、実際に行動に移せる人は、大学生全体を見ても少数のはずだ。

静音の実家を出ようとする覚悟は紛れもなく本物で、だからこそ今ここにいる。彼女の深い部分までは知りもしないのに、無責任な事を口走るべきではないだろう。

しかし、静音は少しの間を空けてから、僕の言葉に返答した。

「私は多分……そうは思えない。仮に家を出て多額の借金を抱えたとしても、刑務所に入ったとしても、あの家にいるよりはマシだと感じるだろうし」

僕の目には一瞬だけ、静音の瞳が真っ黒に塗り潰されたかのように映った。

「それは……だいぶ極端だな……」

「自由に生きたいっていうだけだから、ある程度のお金は必要だし、刑務所に入ったら自由とは程遠くなるだろうから、結局はお金を稼いで家を出るのが一番なんだけどね」

――『お風呂が、沸きました』

その時、給湯器の音声がリビングに響いた。

「お風呂、できたみたいだね」

「……そうだな。それで、どっちが先に入るんだ？」

「あっ。それなら静ちゃん、アタシと二人で入ろうよ」

「え……どうして私が、あなたなんかと……？」

「ほら、やっぱり日本の銭湯文化に則《のっと》らなくちゃ」

「ここ、銭湯じゃないんだけど……あ、ちょっと……っ」

千登世は半ば強引に静音の腕を引いて、風呂場へと向かった。

静音の意思をフル無視してはいるが、これは千登世なりに彼女と距離を縮めたいという気持ちの表れなのかもしれない。

僕は二人の背中を黙って見送り、引き続き箸を進めた。

「……ご馳走《ちそう》様でした」

弁当を完食した僕は合掌して、小さく頭を下げる。

壁掛けの時計にふと目をやると、静音と千登世が風呂に行ってからおおよそ二十分が経過しているのに気が付いた。

「弁当箱、洗っておくか」

僕はクッションから立ち上がり、弁当箱を持ってキッチンへと移動する。

最近は静音に家事を任せ切りにしていたから、自分で洗い物をするのは久しぶりだ。

シンクの前に立った僕は弁当箱の汚れをペーパータオルで拭き取り、スポンジを泡立てて優しく丁寧に洗った。

「さすが一人暮らし。家事はもうお手の物だね」

キーッと音を立てて扉が開き、同時に背後から声がかかった。

「……誰かと思ったら、お前かよ」

「アタシか静ちゃん以外だったら、大問題でしょ」

振り返ると、髪の濡《ぬ》れた千登世が開いた扉の隙間からひょっこりと顔を出していた。

「静音はどうしたんだよ。一緒に入ってたんじゃなかったのか？」

「アタシはシャワーだけ浴びて、先に出てきちゃった。静ちゃんはまだ湯船に浸《つ》かってるよ。……あ、ドライヤー借りてもいい？」

「ああ、好きに使ってくれ。……って待て。それ以上は扉を開くな！」

「え、監禁？」

「監禁じゃねぇよ！　せめて服を着てこい！」

「だって借りるはずだった晋ちゃんの服、どこにあるか分からないんだもーん」

しまった。貸し出すとは言ったものの、洗面所に用意するのを忘れていた。

「ちょっと待ってろ、今用意するから！」

「いいよいいよ、気にしないで。洗い物が終わってからで構わないからさ」

千登世はバスタオルを体に巻き付けて、ドライヤーを手に持ったまま廊下からリビングへと入ってきた。

「わざわざ出てくるなよ……。コンセントなら洗面所にもあるだろ」

「お姉ちゃんから分かりやすく視線逸《そ》らしちゃって、もしや意識してる？」

「意識も何も、布切れ一枚しか身に纏《まと》ってない女がいたら、普通は逸らすだろ」

「普通の男子なら、ガン見した上で股間をはち切れさせると思うけどなぁー？　アタシって、そんなに女としての魅力ない？」

女としての魅力なら、十分備わっている。

千登世の豊満な胸によって立体的になったバスタオルと、その面積では到底隠し切れない谷間から上の肌色。正直、目のやり場に困る。

「お前、他の男の前でもこういう格好で平然としてるのか……？」

「頬《ほお》の染まり具合からして、魅力がないわけじゃなさそうだね」

「ないない。女の子ならともかく、異性だと心を許せる人の前でくらいだよ。今のところ、お父さんか晋ちゃんくらいかな？」

「おじさんはいいとして、僕は血の繋《つな》がりもない単なる幼馴染《おさななじみ》だからな……？」

「他人行儀だなぁ。そこら辺の姉弟《きょうだい》より姉弟らしい幼馴染でしょ？　そんなの実質、姉弟と変わらないよ」

千登世はキッチンの端にある冷蔵庫の前に立ち、中から缶の日本酒を取り出した。

「いつの間に冷やしてたんだ？」

「シャワー浴びる前だよ。あ、冷蔵庫借りるね」

「事後報告かよ」

別にそれくらい構わないけどさ。

「さっきも飲んでたけど、大丈夫か？　日本酒って結構な度数だろ」

「平気平気。こう見えてお酒には強いから。飲んで失敗した記憶もないし」

自信満々な態度で日本酒の栓を開けて、グビッと一口流し込んだ。

「折角《せっかく》だし、一緒に飲む？　まだ冷やしてあるけど」

「いらない。僕、まだ十九歳だからな？」

「じゃあ、二十歳《はたち》になったら一緒に飲もうね」

「千登世の奢《おご》りでな」

「別にいいけど、ある意味高く付くよ？」

「どういう意味だ？」

「体で払ってもらうつもりだし」

「お前にお持ち帰りされる気はねぇよ！」

「酔わせて無理矢理《むりやり》ホテルまで連れてくよ」

　立場的に普通は逆だろ、持ち帰るのは。

「それにしても晋ちゃん、本当にモテるよね」

「いきなり何だよ」

「んー。ちょっと思っただけだよ？」

「……？」

　僕の顔を見て、千登世は笑った。だが、それは本心から出たものではなく、まるで貼り付けたような、どこかわざとらしく違和感の残る表情だった。

「私の予想だけどさ、あの子……静ちゃんは、晋ちゃんに気があるでしょ」

「……いや、あれは僕の事を気になっているわけじゃないよ」

「？　何でそこまではっきりと言い切れるの？」

「……多分、あいつは依存先を探しているだけなんだよ。そこに丁度よく僕がいて、たまたま条件が揃《そろ》っていたから、好意を向けているってだけでさ」

琴坂静音というメンヘラ女子は、僕に対して少なからずの好意を抱いてくれていた。けれどそれは、世間一般の恋愛的な「好き」とは似て非なるもの。根本が全く違う。依存先を探しているだけ——自身の心を紛らわすために、僕を頼っているのだ。

過去に交際したメンヘラ女子達は、全員がそうだった。

相談事をされやすい性格をしているのか、不思議と僕はメンヘラ女子の悩みを聞く機会が多かった。今までに付き合った三人とは別に、恋人関係にまでは進展しなかったものの、悩み相談を受けた流れから告白される事も数回ではあるが経験している。

ただそれらは、決して本当の意味で僕に気があったのではない。

自分の悩みを聞いてくれた——そんな単純な理由で、僕を好きになったのだと勘違いしているだけだった。

「相変わらず拗《こじ》らせてるねぇ。変わらなすぎて、安心しちゃうよ」

「メンヘラ女子とはもう二度と関わらないつもりでいたのにな……」

「そういう子達絡みで、色々と苦労してたもんねぇ」

千登世は思い返すように頷きながら、苦笑した。

「けど、静ちゃんには自分の意思で手を差し伸べたんだもんね。……何でそう人がいいのかなぁ、晋ちゃんは」

日本酒を飲んで、千登世は天井を見上げる。

「別に、人がいいわけじゃないよ。バイト中にも言った通り、静音はどこか元カノに似ていたから、放っておけなかったってだけで……。別のメンヘラ相手じゃ、きっとこうはなってない……と、思う……」

「具体的には、どこが似ているの？　着ている服の系統は元カノちゃんに似てるけど、顔や性格はそんなにだよね」

「地雷系ファッションをしているのもだし、あとは静音の抱えている問題……詳しくは踏み込んでないけど、家庭の事情で大きな悩みがあるみたいなんだよ」

「家庭の事情……か。確かに、中一の頃の元カノちゃんもそうだったね。……だから静ちゃんに同情して、優しくしちゃったんだ」

「優しくしてるつもりはないけど……同情はしてる」

「晋ちゃんって自分が気付いてないだけで、相当優しいよね。けど、女の子は優しくされすぎると簡単に『自分に気があるかも』って勘違いしちゃうから、気を付けなね？」

「その忠告、もう何回もされてるな……」

「思わせ振りな態度は罪だからね。晋ちゃんは顔面偏差値も最上位なんだから、心が病んでる時に優しくなんかされたら、そりゃもう即ゾッコンだよ」

「へーへー」

僕なんかをイケメンとして見ているのなんて、日本で唯一お前くらいだよ。

千登世は日本酒の残りをグビグビと一気に飲み干し、「ふぅ……」と息を吐いた。

「それで？　晋ちゃんは今後、静ちゃんを好きになる可能性はあるの？」

「……どうだろうな」

地雷系の見た目をした女子への苦手意識は未《いま》だ残っているし、メンヘラと関わりたくないという思いが払拭されたわけでもない。

しかし、静音に対するトラウマの感情は不思議と徐々に薄れつつあり、僕の日常には彼女との「半同棲《どうせい》生活」が浸透し始めている。

今後、僕の心境がどう変化していくかは分からない。だが、それでも──

「恋愛感情の有無はとりあえず置いておいて、この生活がいつまで続くのか……ってのは、考えちゃうよな。今の状況だとさ」

「ふむ。心境は複雑そうだね」

千登世は冷蔵庫から日本酒をもう一缶取り出して、流し込むように喉に通すと、口から溢《こぼ》れた酒を親指で拭った。

「……晋ちゃんは優しすぎるから、これ以上は傷付かないで済むように……お姉ちゃんも、陰ながら頑張るね」

「……？　頑張るって？」

「相談してくれたらいつでも助けるよ、って意味」

「ああ、その時は是非とも頼らせてもらうよ」

千登世の明るい振る舞いに、僕は今まで何度も救われてきた。

普段はふざけた奴《やつ》だが、僕が悩みを抱えているとすぐさま駆け付けて、話を聞いてくれる。だからこそ僕は、彼女を実の姉のように慕っていた。

「はぁ……。これで洗い物も終わったな。千登世も酒ばっか飲んでないで、静音が出てくる前に早く髪を乾かしちゃえよ」

「いや……ちょっと待って、なんだか気持ち悪くなってきたからタンマ……うぷっ」

「酒を一気に飲んだら、そりゃあ気持ち悪くもなるだろ……。静音もドライヤーを使うだろうから、早くしないと――――あっ」

そういえば……と、やり忘れていた事の一つが頭の中で突如呼び起こされる。

「やばい、完全に忘れてた……っ！」

「忘れてたって、何を？」

「お前も忘れてるのか!?　服だよ、千登世と静音の！」

途端に大きな焦りが生じ、僕はつい声を荒げてしまう。

話に夢中になりすぎて、千登世が服を着ていないのすら頭から飛んでいた。

僕は急いでタンスへと走り、上下のジャージを二着分とTシャツ二枚を中から取り出して、洗面所まで足を動かす。

「あっ。ちょっと晋ちゃ――」

呼び止めようとする千登世の声が、不意に耳に入った。

けれど、慌てて動いていたせいで急には立ち止まれない。

そうして僕は、またしても失敗を重ねてしまう。

静音がまだ風呂に入っているか否かの確認をしないまま、ノックの一つもせずに、勢い良く洗面所の扉を開けてしまったのだ。

「……あっ」

声を漏らしたのは千登世でも、ましてや僕でもなく――静音だった。

僕の思考は完全に硬直し、言葉の一つも出ないほどに動転する。

扉を開けた先で視界に飛び込んできたのは、静音の裸体。

体の細部に至るまでの膨大な情報が、脳の奥底にまで素早く刻み込まれていく。

冷静になるまでの数秒間、僕の頭の中は裸体でいっぱいになっていた。

「……」

静音は黙ったまま、こちらをジッと見つめている。

後悔が波のように激しく押し寄せ、僕は額から汗を垂らした。

叫ばれるのは当然だが、場合によっては殴る蹴るの暴行を受けても仕方がないし、通報されても文句は言えない。

「ごめん、マジで……ごめんなさい！」

今にも泣きそうになりながら、僕は必死に謝罪を繰り返す。

「……別に、謝らなくていい」

予想に反して、静音はいつも通りの落ち着いた声で僕を許してくれた。

「わざとじゃないだろうし……それに私は、晋助にだったら見られても……」

少々ぎこちない言い方で、静音はそうフォローする。

僕はほっとしつつ、手に持っているジャージとTシャツを床に置き、

「そ、それじゃ……これ使っていいから……」

静音の裸体を視界に映さないよう顔を背けて平静を装いながら、僕は逃げるように扉に触れた。――が、その瞬間。

「うぇ……やば……んぐっ」

背後から迫ってきた呻《うめ》き声に、僕の全身はゾワリと震える。

「お、おい……。千登世、体調悪いのか……？」

「急いで、止めようとして……うぶっ……走った……ら、お酒が……」

急な運動で吐き気を催した千登世は、縋《すが》るように僕の肩を摑《つか》んだ。

彼女の呼吸は、次第に荒々しさを増す。そして「んぷっ」と頰《ほお》を膨らまし、

「……おぼろろろろろ」

千登世は人様の部屋の廊下にて、吐瀉物《としやぶつ》を撒《ま》き散らした。

僕は今更ながら、彼女を部屋に招いた事を後悔する。

酒を飲んで失敗した記憶がないって、それすら忘れてただけだろ……。


「ニオイ、しっかり落ちてるよな……？」

「うん、臭くない」

僕が貸したジャージに身を包んだ静音は、クンクンと僕の腹回りのニオイを嗅ぎ、指でOKサインをしてみせる。

千登世からゲロまみれにされた後、僕はすぐさま風呂場に駆け込んで、肌を削るような勢いで体を洗った。

雨には濡《ぬ》れなかったものの、まさかゲロに濡らされるとは思ってもみなかった。

「というか、片付けしてくれてありがとうな。助かったよ」

「別に平気。鼻に羽が生えて意識もろとも飛んでいきそうだったけど」

「……相当キツかったんだな」

僕が風呂に入っている間に静音はゲロの後処理をしてくれていたらしく、パジャマに着替えて洗面所の扉を開くと、廊下は元の綺麗《きれい》な状態に片付けられていた。

千登世には後で土下座でもさせて、静音に誠心誠意の侘《わ》びを入れさせる必要があるかもしれない。

「……にしても、見慣れないな」

「見慣れない？」

「ああ……ちょっと服装がさ」

僕は今まで、セーラー服と地雷系の服を着ている静音の姿しか見た事がなかった。だからこそ、彼女が僕のジャージを着ているのに、物凄く違和感を覚えていたのだ。

決して似合っていないわけではないし、むしろ元々の見た目の良さもあって、シンプルかつぶかぶかなサイズ感のジャージでさえも、可愛《かわい》らしく着こなせてしまっている。

それなのにやたら違和感があるように思えるのは、それほどまでに普段の地雷系ファッションの印象が強く頭に残っているからなのだろうか。

どれだけジャージ姿の静音を見ていても、一向に目が慣れてくれる気がしない。

「……晋助、見すぎ」

「あ……っ、悪い……」

僕は慌てて、静音を視界から外した。

「今はメイクもしてないから……まじまじ見られると、恥ずかしい……」

横目で様子を窺《うかが》うと、静音は両手の指先を絡ませ合い、歯切れを悪くしながら頬を赤く染めていた。

ジャージの違和感が強すぎてあまり気に留めていなかったが、静音のすっぴんを見るのは今日が初めてだ。

いつもはハーフツインにセットされている白髪も風呂上がりに乾かしたきり下ろしたままであり、今の見た目からは実家で過ごす彼女の姿を想像させられる。

それはそうと、すっぴんも十分に可愛らしい顔をしていると感じるが、それでもメイクなしの状態は見られたくないものなのだろうか？　女心というのは、よく分からない。

「ねぇ、晋助。私の服装なんか置いておいて、あの人は放置したままでいいの？」

静音は今尚《いまなお》廊下で倒れている下戸な先輩を指差し、僕に問う。

「放っておいてもいいけど、そこで寝られてても邪魔になるしなぁ」

僕は千登世の真横に屈《かが》み、彼女の頬を掌《てのひら》でペチペチと叩《たた》いた。

「んー……もう朝？」

「夜だ。こんな所で横になってないで、せめてベッドに移動しろ」

千登世は目を開き、迷子になった子供のように辺りをキョロキョロと見渡す。

「あれ……？　アタシ、いつジャージに着替えたっけ？」

「お前が倒れてる間に、静音がジャージに着替えさせたんだよ」

「あれ？　どうして晋ちゃん、服を着替えてるの……？」

「お前にゲロをぶち撒けられたからだよ……」

「全く記憶にないや」

「もう酒なんか飲むな……」

「ううぅ……やばい、頭痛くなってきた……」

千登世は右手で頭をさすりながら、心底気持ち悪そうに目を瞑《つぶ》る。

「肩貸すから、ベッドまで行くぞ」

「お姉ちゃんはお姫様抱っこを所望する」

「嫌だよ。重そうだし」

「乙女《おとめ》に向かって失礼だなぁ。アタシの体重は赤い果実三個分だよ？」

「どこのメルヘンキャラだよ……」

「やーだ、やーだぁー。お姫様抱っこがいいよぉー」

肘と膝をパタパタと動かして、千登世は幼児のように駄々《だだ》をこねた。

「あー、もう！　わかったから、そんなに喚《わめ》くなって！」

僕は千登世の体を持ち上げ、ベッドまでゆっくりと歩き出す。

「いやぁ、気持ち悪いけど気分は良いねぇ。こんな機会も滅多《めった》にないし、折角《せっかく》だから晋ちゃん、白馬の王子様風にアタシの事を『お姫様』って呼んでみてよ」

「大変お元気そうで何よりです、ゲロ吐き姫」

どうやら、騒ぐだけの気力は残っているようだ。

千登世を放るようにベッドの上へと転がすと、彼女はニタニタと笑みを浮かべた。

「いきなり笑うなよ、気色悪いな」

「いやね？　ベッドの上に乗ったら、昔を思い出しちゃってさ」

僕は首を傾《かし》げ、「昔って？」と千登世に訊《き》いてみる。

「小学生の頃の晋ちゃん、いつもベッドの下にエロ本隠してたじゃん」

「エロ本なんて隠してねぇよ。ちょっとえっちな少年向け漫画だ」

千登世はベッドの角を摑み、首を伸ばして真下を覗《のぞ》く。

「おかしいなぁ。もうベタにベッドの下には隠さないの？」

「一人暮らしなんだから、そこに置く必要もないだろ」

「おっ。つまりこの部屋には、エロ本が剝《む》き出しで飾ってあるって事だね？」

「ご覧の通り、飾ってねぇよ。それに今の時代じゃ本は電子でも買えるし、仮に僕がエロ本を持っていたとしても、それはスマホの中での話になるけどな」

部屋には置いていないと千登世に伝えながら、僕は静音にすっと目をやった。

静音は僕が所持してるエロ同人誌の収納場所を、今朝浩文から聞いてしまっている。

内容が内容なだけに、千登世には決してバレるわけにはいかない。もしも見つかってしまったら、シフトが被る度に間違いなくいじりのネタにされてしまうだろう。

「……静音さん？」

静音は僕から向けられた視線に気が付くと、不意に目を逸《そ》らす。そのまま作業用デスクへと歩み寄り、イラスト資料――同人誌の隠し場所でもある引き出しに手を触れた。

「静音さん⁉」

「おやおや、もしや今はそっちに隠しているのかな？」

千登世はふらりとベッドから下り、静音へと近付く。それとほぼ同時、僕の視界の隅には、静音が引き出しから一冊の同人誌を手に取った瞬間が映った。

反射的に駆け出した僕は静音からそれを奪い取り、流れに身を任せて大きく腕を振り上げる。そして千登世の顔面へと狙いを定め、思い切りフルスイングした。

「あうっ！」

コンビニの制服を着た美少女の表紙が、勢い余って宙を舞う。

顔面に同人誌が直撃した千登世は間抜けな声を漏らし、バランスを崩した。何歩か後退《あとずさ》る途中でローテーブルに躓《つまず》き、倒れ込むようにベッドの上へと頭からダイブする。

「その人、死んだ？」

「いや、一応生きてる」

同人誌を拾うついでに千登世の安否を確認し、静音に言った。

「ったく……何でこのタイミングで、同人誌なんか取り出したんだよ」

「ほんの些細《ささい》ないたずら心」

「いたずらで済ますにはタチが悪いぞ……」

「……だって、ムカついたから」

静音はボソッと不満を口に出して、僕に背を向ける。

自分が何を仕出かしたのか頭を悩ませるも、全く見当がつかない。静音に理由を訊いても答えてはもらえず、僕は「仕方がないか」と考えるのをやめた。

同人誌を引き出しに戻し、作業用デスクの椅子に腰を下ろした僕は、机上に置かれたイラスト資料を手に取ってパラパラとめくる。

「……だいぶ遅いけど、今からイラスト練習を始めるの？」

静音は振り返って、僕に声をかけた。

「ああ。食後の練習はルーティンみたいなものだしな」

「偉いね、晋助は。忙しい中でも努力ができて」

「自分が好きでやってる事だから、努力だなんて思ってないよ」

僕はパソコンを起動させてイラスト制作のソフトを開き、手に持ったペンを液晶タブレットの画面にトントンと触れさせる。

画面中央には真っ白なキャンバスが映り、画面左にはペン、Gペン、エアブラシといった各ブラシのメニュー、画面右には画像を重ねて描く際に用いるレイヤーが表示された。

「今日は何を描くの？」

「キャラクターに動きを加えた描写の練習をしようかな、って。昨日描いたキャラ絵あっただろ？　あのキャラが走ってる構図を描いてみたくて……」

「それなら、まずは重心を意識して構図を決めるといい。着地してる足と関節の曲がり方、あとは上半身も脚の動きに合わせてうねりを持たせると躍動感が生まれるから――」

静音がざっと簡易的な描き方の手順を実演して、僕はそれを参考にしながらイラストを描き進める。その間も彼女は要所要所でアドバイスをくれるため、またそれを取り入れながら練習にあたる。――これが、ここ最近の日課となっていた。

今までは上手《うま》くいかない箇所を自分で調べながら取り組んでいたが、静音と一緒に練習をするようになってからは、絵を描く効率が格段に上がったという実感がある。

「静音って、やっぱり教え方が上手いよな」

「……そう、なの？」

「僕からしたら、さながら先生だよ。静音先生」

「やめてよ。似合わないから」

静音は元々小学校の先生を目指して大学に進学をしたのだと、僕に言っていた。

成績も特に悪くはないらしく、単位もしっかり取れているというのに、そんな中で夢を早々に断念してしまうのは、かなり勿体《もったい》なく感じてしまう。

「小学校の先生を諦めた理由……訊《き》いてもいいか？」

「別に、大層な理由はないよ。さっきも言った通り、私には似合わないってだけ」

「似合わないって……」

「今の私は、将来を真剣に考えられるようなメンタルを、もう持ち合わせていない。それに、向き不向きってどうしてもあるから」

静音は動かしていた手を止めて、散らばっていた考えを丁寧にまとめていくように、小さな声で僕に語った。

「小学校の先生は、勉強を教えるだけが仕事じゃない。子供一人一人が抱えている問題に、向き合っていく必要がある。自分の問題すらまともに解決できない私に……子供の心と向き合うような仕事が、務まるはずない」

確かに先生という立場は、教壇に立って授業をするだけでなく、児童のメンタルケアをする役割も担っている。

子供の数だけ抱えている悩みや問題があり、時にはいじめ、不登校、家庭の事情といったディープな内容にも向き合わなくてはいけない場面も出てくるだろう。

相手は多感な思春期の子供達で、一筋縄ではいかない。

勉強を教えるのが得意だから、子供が好きだからというだけで務まる仕事ではないのかもしれないし、静音自身が向いていないと思うなら、本当にそうなのかもしれない。

「けど、静音は先生になりたかったんだろ？」

それでも、折角大学に入学までして、夢を叶《かな》えるチャンスの場に出てきたのだ。

適性がないからといって夢を諦めるのは、やはり勿体ない。

「静音が先生を目指した理由は知らないし、向き不向きなんか僕にはよく分からないけど、そんな事は関係なく、やりたいと思うならまずは挑戦してみるべきだと思う」

僕は椅子を引き、パソコンの画面に映し出された静音のイラストを眺めた。

「僕だってイラストを描くのが好きってだけで、イラストレーターになんて本当は向いていないのかもしれない。でも、目指したいから練習してるんだ。……全然上手くいかなくて、もういっそ諦めようかなって思った事も、数え切れないくらいあるよ」

「晋助でも、そんな風に思う事があるんだ」

「買い被《かぶ》りすぎだ。世間全体を見渡したら、僕より上手い人なんてごまんといる。静音だって、そのうちの一人だ」

「そんな事……。晋助の方が才能はあるし、私なんかよりずっと……」

静音は忖度《そんたく》なしで、本気でそう思ってくれているようだった。

「静音がそう思ってるのと同じで、僕から見たら静音は先生に向いてるよ」

「それこそ、買い被りすぎだよ」

「教え方は上手いし、それに何より、静音は人に必要としてもらえるよう頑張れるタイプだろ？　だったら先生って、静音にはピッタリの職業じゃないか？」

静音は常に、僕に必要とされるような行動を自らの意思で取っていた。

それを児童に向けられれば、きっと良い先生になれる。

「静音は自分自身に問題があるって言っていたけど、それだって大切な経験だろ？　その経験がある静音だからこそ、子供の気持ちに立って悩みに寄り添えるんじゃないか？」

「晋助は本気で、私が先生に向いてると思うの？」

「さっきからずっと、そう言ってるだろ」

「……そっか」

静音は僕の本音を呑《の》み込んで、その場で俯《うつむ》いた。

「それなら、もうちょっとだけ……悩んでみる」

再び顔を上げた静音の瞳は、ほんの数秒前のどこか虚《うつ》ろなものではなく、少しばかりの自信を得たように僕の目には映った。

「う、ううう ぅー……」

直後、地を這《は》うような低い声が背後から聞こえてくる。

「なんだろ……視界に謎のコンビニ店員が映ってから、記憶が飛んだような……」

「夢でも見てたんだろ。それより千登世、体調は？」

「ううー……ん。全快じゃないけど、だいぶラクにはなった……かなぁ？」

ベッドから身を起こしながら、千登世は頭を掻《か》いた。

記憶も曖昧になっているようで、僕はひとまず安堵《あんど》する。

「ねぇ、晋ちゃん。今って何時？　もう結構夜遅くなってるよね？」

壁掛け時計に視線を向けると、二つの針はあと十数分で零《ゼロ》に重なろうとしていた。

「……もうすぐ日を越すな」

バイト終わりから今日はいつも以上にバタバタとしていたから、時間が経《た》つのがあっという間に感じる。イラスト練習を始めた事もあって、尚更《なおさら》だ。

僕は椅子から立ち上がってカーテンを開き、外の様子を窺《うかが》った。

「雨は……とりあえず止《や》んでそうだな」

まだ夜空には雲がかかっているが、その隙間からは月明かりが差し込んでいた。

「それで、これからどうする？　終電の時刻も迫ってるし、帰るならそろそろ荷物をまとめておいた方がいいと思うけど」

「え、もしかして泊まってもいいの……!?」

「付き合ってもない男女が二人で一晩過ごすのは気が引けるけど、静音と千登世が二人揃《そろ》ってだったら、別に構わないぞ」

「ならアタシは泊まりたいなぁ。晋ちゃんのベッド、汗が染み込んでて落ち着くし」

「今すぐそこから退《ど》け。泊まるとしてもお前が寝るのは風呂場だ」

「仮にも幼馴染《おさななじみ》なのに、扱いが酷《ひど》いなぁ。それに、今のアタシは病人だよ？」

「酔って体調崩すのは病気じゃないだろ」

「人でなしだなぁ。そんな子に育てた覚え、お姉ちゃんはないよ？」

千登世は唇を尖《とが》らせて、不満を嘆く。

「千登世はこう言ってるけど、静音はどうしたい？　ベッドを使ってもいいし、それが嫌なら来客用の寝袋だったら貸せるけど」

静音はポケットからスマホを取り出し、険しい表情で画面を睨《にら》んだ。

「……私は、やめておく」

「えぇー、なんでー？」

「終電には帰らないと、後が面倒臭い」

心底うんざりとした口調で、静音は言った。

「もしかして、親から連絡があったのか？」

質問しながら静音に歩み寄ると、彼女はスマホをポケットへと戻した。

「そう。電話とメッセージが来てた」

「んー、じゃあ仕方ないかぁ。なら、今日はアタシだけお邪魔し続けようかなぁ」

「ダメに決まってるだろ、帰れ」

「相変わらず辛辣だなぁ……。何でお姉ちゃんに対してそんなに厳しいの？　一緒に朝までお酒を飲み明かそうよぉ」

「まだ十九歳だって言ってるだろ。ていうか、いい加減学習しろ！」

このまま酒を飲まれ続けたら、部屋中がゲロまみれになってしまう。

「駅までは送ってやるから、帰り支度を始めろよ」

「うーん」

千登世はベッドの上で胡座《あぐら》をかき、腕を組んで唸《うな》り声を上げた。

「晋ちゃん、お見送りはいいよ」

「平気なのか？」

「駅までは静ちゃんと一緒になるしね」

千登世は「いいよね？」と静音に視線を向け、それに気付いた彼女は仕方がなさそうに
「わかった」と渋々頷《うなず》いた。

静音は千登世にあまり良い印象を抱いていないようだったし、二人だけにするのは些《いささ》か心配であったが、本人達がこう言うのならおそらく大丈夫なのだろう。

「それじゃあ、見送りはいいか……。二人とも、気を付けて帰れよ」

「分かってるって。心配性だなぁ、晋ちゃんは」

その後、千登世と静音は脱いだ衣服をビニール袋にまとめ、千登世は上がTシャツで下はジャージ、静音は上下ジャージ姿のまま、マンションの外へと出ていった。

二人が部屋を去った後、僕はベッドに腰を下ろし、部屋全体をぼんやりと見渡す。

リビングの作りや家具の配置は全く同じはずなのに、この空間はいつもより少しばかり広く、物静かで退屈なもののように思えた。

今までの自分だったら、静音のようなメンヘラ女子を部屋に泊まらせてもいいと考える事は、まずなかっただろう。

トラウマを抱いていたはずのメンヘラ女子を――最初は関わるべき相手ではないと一線を引いていた静音を、不思議と受け入れようとしている自分がいる。

その理由は、未《いま》だに分からない。

ただ、静音と過ごす時間は想像していたよりもずっと――悪くなかった。

☆

マンションの外に出ると、数時間前までの豪雨は嘘《うそ》のように降り止んで、道路の湿りと水溜《みずたま》りだけが見渡す限り残っていた。

晋助のマンションから最寄駅までは、ものの数分歩くだけで辿《たど》り着く。

終電まで時間はないが、駅までの距離はそこまで遠くない。静音と千登世は特別焦りもせず、余裕を持って改札を抜けていった。

「まさか一緒の方向だったとはねぇ」

「……うん」

千登世は明るく静音に話しかけるが、静音はまるでここに意識が残っていないかのように、乾いた返事をする。

静音の家は大学の最寄駅から四駅先、千登世のマンションは二駅先にある。

東京は田舎《いなか》と違って駅ごとの距離も近く、次駅に着くまでそう時間はかからない。ホームでの待ち時間も短く、電車が来るまで二人の間にこれといった会話はなかった。

電車に乗車すると、二人はなんとなく隣り合って座る。

いくら東京とはいっても、この時間——それも二十三区外ともなれば、車両はどこもガラガラだった。

「静ちゃんはさ、何で晋ちゃんに必要とされたいの？」

電車に揺られ始めてからしばらく経った頃、沈黙を切り裂くように千登世は言葉を放った。唐突にされた晋助に関わる質問に、静音はほんの少し動揺する。

「それ、答える必要あるの？」

「いやね？　アタシも静ちゃんの事、もっと知りたいんだよ。晋ちゃんの幼馴染……というか、お姉ちゃんとして、ね？」

千登世は静音の顔を覗《のぞ》き込み、優しげに微笑《ほほえ》んだ。

「……私は今年の春から、パパ活をしてお金を稼いでた。それを知った晋助は、私を心配してくれて、たまになら部屋に来てもいい……って、言ってくれた」

「そこまでは知ってるよ。静ちゃんが『通い妻契約』を晋ちゃんに持ちかけたのも。けど、晋ちゃんは『家事の手伝いなんてしなくても部屋に上げる』って言ったんだよね？　なのにどうして、毎日のようにお弁当を作って晋ちゃんの部屋に行くの？」

「それは……優しくしてくれた……こんな私を受け入れてくれた晋助の役に、立ちたかったから……」

「自分を受け入れてくれた人だから、今以上にもっと必要とされたい。……それって要するに、静ちゃんは『晋ちゃんに依存してる』って事だよね」

晋助が言っていた「あいつは依存先を探しているだけ」という言葉が、千登世の頭にははっきりと残っていた。

静音は晋助に恩を返し、彼に必要とされたいと願っている。

その行動自体は、決して悪いものではない。

ただそれは、今に限っての話でしかない。

「誰にでも優しいよね。晋ちゃんって」

「それは、見ていて分かる」

「晋ちゃんに彼女がいた時期があるのは、もう知ってる？」

「いた事がある……って話は、一度だけ」

「晋ちゃんは今までに彼女を三回作ったんだけど、その三人の共通点って分かる？」

千登世の質問に、静音は頭を悩ませた。

そんなもの、ノーヒントで分かるはずがない。

それになぜ、この人はわざわざ私にそんな質問をするのだろう……と。

正面の窓に反射した千登世の表情は、笑っているようで笑っていない。

言葉を交わす度に、その場の空気が重みを増していくようだった。

「そうだよね。さすがに分からないよね」

回答を数秒待ってから、千登世は静音の耳元にすっと唇を近付ける。

「共通点はね、静ちゃん。……静ちゃんだよ」

千登世が発した言葉に、静音は目を見開いた。

静音との距離を再び取って、千登世は彼女の反応を窺いながら静かに語り出す。

「……晋ちゃんはね、昔から優しい子だったの。困っている人がいればお節介だとは分かっていても話を聞いて、一緒に解決しようと行動する」

千登世の言葉の一言一句が、静音の頭に重くのしかかる。

「けどね？　そういう女の子と付き合ってきた影響で、今の晋ちゃんは恋愛に消極的になっちゃったの。高校一年生の頃から、今までずっとね」

彼女の話は、冗談なんかじゃない。それは静音も、よくよく理解していた。

「三人の元カノちゃん達には共通する特徴があって、残念だけど静ちゃんは、その特徴を完璧に捉えてる」

晋助と長い時間一緒に過ごしてきた千登世の言葉は、ある意味で彼の口から出る優しい言葉よりも信憑性《しんぴょうせい》があり、晋助の本心に直《じか》に触れているようだった。

「晋ちゃんはね、その特徴を持つ女の子を今まで避けて生活してきた。だから今、こうして静ちゃんと関わりを持っている事が、アタシからしてみたら不思議でたまらないの」

「その……特徴は……？」

静音は恐る恐る、千登世に尋ねる。

相手は千登世のはずなのに、窓に映った彼女の姿は晋助と重なって見えた。

「地雷系ファッションを、静ちゃんは好きでしてるんだよね。それ自体はよく似合ってるし、可愛《かわい》くて素敵だなってアタシは思うけど、晋ちゃんはどう感じてるのかな？」

千登世は遠回しな言い方で、静音に伝える。

地雷系ファッションが問題なのだとしたら、その系統をやめれば済む。

静音は少しだけ安堵し、続けて千登世に問いかけた。

「ほ、他には……？　他にも、共通してる特徴があるの……？」

丁度その時、電車内にアナウンスが響き渡る。

千登世は「もう一つだけね」と口にして、座席から立ち上がった。

「……っ」

静音の手をそっと摑《つか》んでジャージの袖をまくり、彼女の手首をあらわにする。

「これだよ、これ」

静音は手首に視線を落として、目を丸くした。

瞳が一気に乾燥し、込み上がるように再び潤う。

「この特徴を持つ人を晋ちゃんが避けてきた理由、そろそろ分かった？」

千登世は静音の瞳を覗くように、現実を突き付けた。

「メンヘラな女の子とは、関わりたくないからだよ」

その言葉を千登世が告げると同時に、電車の扉が開く。

晋助の交際相手は、決まって何かしらの問題を抱えていた。

地雷系ファッション。リストカットによる傷痕。

先入観から生じた、表面上の特徴に対する苦手意識。

その根底にこびり付いている、メンヘラ女子に対するトラウマ。

千登世は最後に何かを言い残して電車を降りたが、それは静音の耳に届かない。

誰もいなくなった電車の中で、静音は涙を溢《あふ》れさせながら、自身が過去に付けた手首の傷を絆創膏《ばんそうこう》にまみれた指先で、何度も何度も引っ掻《か》いた。

☆

「悪い奴《やつ》だなぁー……本当に」

最寄駅で降車したアタシは、静ちゃんが乗る電車が動き出すのを見届けて、改札口に向かって歩き始めた。

卑しい自分の性格が、本当に嫌になってくる。

弟のように可愛がってきた晋ちゃんが、友達を——それも女の子の友達を作ったのには、幼馴染《おさななじみ》として、お姉ちゃんとして、素直に喜んであげるべきだと思う。

アタシが静ちゃんにした話は、元々友達付き合いが苦手な晋ちゃんの貴重な交流の和を壊す事になりかねない。

静ちゃんのようなメンヘラ女子と関係を築いたのは未だに信じられないけど、それが晋ちゃんの選んだ道なら、アタシは口出しをするべきでないし、する権利もない。

アタシにできる役割は、せいぜい晋ちゃんの良き幼馴染のお姉ちゃんとして悩みを親身になって聞いて、できる限りのアドバイスをするくらい。

ただ、今回だけは何がなんでも——このままにしてはおけなかった。

あの子がアタシの目の前に現れた時、彼女を晋ちゃんに近寄らせるべきじゃない、近寄るにしても、アタシが見える範囲でなくちゃいけない——そう直感した。

今まで晋ちゃんを近くから見て、相談を受けてきたアタシだから分かる。

静ちゃんは今、晋ちゃんにも打ち明けていない大きな問題を抱えている。

二人の関係が今よりずっと近くなったら、晋ちゃんはその大きな問題を他人事《ひとごと》としては割り切らず、一緒に背負おうとするに違いない。晋ちゃんは、そういう優しい子だ。

「ごめんね、二人とも……」

これ以上、晋ちゃんに苦労はさせたくない。

晋ちゃんが男女関係で悩んでいる姿なんて、もう見たくない。

このまま静ちゃんの依存が強まれば、晋ちゃんがまた昔みたいに思い悩んでしまう。

それならアタシが、晋ちゃんを守らないといけない。

でも、それでも、万が一にも、二人が今の関係を続け、互いに抱えている問題を乗り越えようと、アタシの言葉を撥《は》ね除《の》けてでも繋《つな》がり続けようとするのなら——

メンヘラが情緒を乱したら

初めて自傷行為を経験したのは、高校二年生の時だった。

小さい頃から人付き合いが苦手でクラスにはいつも馴染めず、部活にも入っていなかったから、親しく話せる間柄の友達は学校に一人もいなかった。

いじめを受けていたわけではないけれど、クラスメイトからは一歩引いた目で見られていたから友達を作るのも難しいし、そもそも作り方すら分からない。

私の高校生活の思い出は、灰色そのもの。

学校にはサボらず通っていたものの、それを続ける意味はずっと見つからず、嫌気が差すくらいに空虚で退屈な日々を過ごしていた。

ただ、望んでもいない過度な関心を向けられていた家に比べれば、誰とも関わりを持たないで済む学校の方が幾分かマシに思えた。

そんな私にとって唯一の支えは、ＳＮＳ上での繋がり。

ふと思い立ってツイッターのアカウントを作成した日から、私は居場所を探すようにそこに入り浸り、そうしているうちに少しずつネット上の友達が増えていった。

ツイッターでの人間関係は浅く切れやすいものではあったけど、その代わり気負わずに人と関われる。

中には私と同じような悩みを抱えている人達もいて、彼女達との会話では自分の本心を素直に曝《さら》け出す事ができていた。

しかし、私はそのSNSがきっかけとなって、自傷行為を始めるようになった。

ある日、ネット上の女友達の一人が、リストカットをした手首を――数本引かれた線から生々しく湧き出る血の写真を、一枚投稿した。

タイムラインに流れてきたその写真を見た時はゾッとしたし、真っ先に思い浮かんだ感想は「痛そう」「この行為に何の意味があるの？」の他になかった。

多くの人達は彼女を心配して、投稿のリプ欄に言葉を残していく。私もその中に混ざり、『何かあった？　相談に乗るよ』とメッセージを送った。

彼女は私と同級生らしく、小学生の頃からリストカットをしていたそうだ。

手首を切ると、心が落ち着く。流れる血液を眺めていると、「死にたい」という気持ちが一時的に和らぐ。――彼女は私に、自傷する理由を話してくれた。

彼女の言っている内容の真偽は定かでないし、リストカットが良くない行為だというのも薄々分かってはいた。

それでも、当時の私は興味本位で――その行為を試してしまった。

自ら手首にカミソリを当て、恐る恐る力を込めていく。

切った瞬間の痛みはさほどなかったが、後からジュクジュクと肌の奥が疼《うず》いた。力加減を間違えたのか、傷口からは黒く濁った血が長い時間、じんわりと湧いて出る。

故意に付けた手首の傷から生じる痛みは「自分が生きている事」をいつでも文字通りに肌で実感できる、手軽な方法だった。

私はいつの間にか、「もう一回、もう一回」と手首に傷を付けるようになる。

でも、手首の傷やそれを隠すための絆創膏が増えていくと、周囲の人——関わりの少ないクラスメイトを含め、教師や親にまでリストカットをしている事がバレてしまった。

父からは怒声を浴びせられ、自傷行為を始めるきっかけとなったツイッターのアカウントも削除された。

一度染み付いた自傷癖はそう簡単には抜けず、手首を切る代わりに爪を嚙《か》む悪癖が身に付いてしまっているが、リストカット自体は高校三年から今までしていない。

それだというのに、まさかこんな形で過去を後悔する日が来るとは、当時の私は想像すらしていなかった。

リストカットの痕があると、パパ活をしている時も良い印象を抱かれない。私はそれが理由で手首を隠すようになり、常に長袖の服を着て生活するようになった。

だから晋助《しんすけ》は、私にリストカットの痕があるのを知らない。

九条千登世《くじょうちとせ》にどこでリスカ痕を見られたのかは今更どうでもいいけれど、おそらくは一緒にシャワーを浴びた時だろう。

あの人はもう、晋助に話しているのだろうか？　だとしたら、私はどんな顔をして今後晋助に会えばいいのだろうか？

九条先輩は私に、晋助はメンヘラ女子との関わりを避けていると言った。

それは冗談や嘘《うそ》ではなく、紛れもない真実だ。そうでもなければ、わざわざ直接伝えてくるはずがない。

きっと晋助は、私がメンヘラだというのは出会った日から察していた。

そんな私を、晋助は今までどんな風に思っていたのだろう？　私と話をしながら、一体何を考えていたのだろう？

仕方なく、嫌々、どうしようもない私を見兼ねて、自分の本心を隠しながら接してくれていたのかと思うと、心臓が握り潰されるようにキュッと縮まり、呼吸が乱れる。

晋助にとって、私の存在は障害であり不必要なもの。

どうすれば、晋助に嫌われないで済むのか。

何をすれば、過去を清算できるのか。

心の問題は、簡単には解決しない。性格の奥深くにまで染み込んだメンヘラという気質は、気持ちを改めただけで拭えるものでもない。

それならせめて、晋助が関わらないよう避けていたという二つの特徴だけでも、何とかして取り除いておきたい。

ファッションだけなら、地雷系からすぐにでも変えられる。

けれど、いくら見た目を変えたところで、手首に付いた無数の傷痕が消えるわけではない。白く細く、これから先の人生にも残り続ける。

痛みなんてとうの昔に消えているはずなのに、手首の内側がやたらと疼いた。

このままでは本当に、晋助に嫌われてしまう。

状況を変えないと。……今の私を、変えないと。

これ以上は心を乱さないようにと、私は親指の爪を抉《えぐ》るようにして噛み千切った。

☆

「あいつ……今日はどうして部屋に来なかったんだ？」

短針の指し示す時刻が、二十二時を過ぎた頃。

僕――愛垣《あいがき》晋助は、コンビニバイトを終えるとすぐさま退勤準備を整え、足早に帰路を辿《たど》りながら今日一日を振り返る。

わざわざ僕のために弁当を作り、毎朝マンションへと届けに来ていた琴坂静音《ことさかしずね》が、なぜだか今朝は姿を現さなかった。連絡もなしに、突然に。

付き合ってもいないただの友達が毎朝食事を用意しに部屋に来るのは、以前から気が引けていた。だからこれは、本来であれば何一つ悲観するべき問題じゃない。

ただ、静音のようなメンヘラ女子が唐突にいつもと異なる行動を起こすのには、何かしらの理由——特別な事情があるのではないかと、勘繰ってしまう。

昨日のバイト中みたく、客としてコンビニにしれっと顔を出してくるかもと考えてはいたが、結局彼女はシフトを終えてもやって来なかった。

今までとは明らかに違う静音の行動に、お節介にも心配が募っていく。

彼女は朝だけでなく、夕食の時間帯——バイトがある日は二十二時近くになると、毎度食事を作りにマンションまで足を運ぶ。

もしかすると、僕の帰りをエントランスで待っているかもしれない。

思考が入り混じるにつれ、歩行のペースが徐々に速まっていった。

「いない……か」

しかし、エントランスに静音の姿はなかった。

様子を確認するためにも、一度メッセージを送っておくべきだろうか？

いつもより数分早く帰宅した僕は、とぼとぼと通路を歩いてエレベーターに乗る。

「今日は気疲れしたな……」

部屋に戻ると倒れ込むようにしてベッドに横たわり、天井を見上げた。

「何でこんなに、僕は静音の事を気にかけてるんだっけ……？」

静音をたった一日見ていないだけだというのに、自分でも驚くほど精神面に大きな負荷が掛かっている。

それだけ彼女の存在が、僕の日常に浸透しつつあったのだろう。

距離を置くべきだと思っていた相手に——過去の経験からトラウマを抱いていたメンヘラ女子にここまで気をかけているだなんて、我ながらどうかしている。

僕はしばらくベッドで脱力した後、身を起こして冷蔵庫の前まで移動し、冷凍室の中をガサガサと漁《あさ》った。

「晩飯は……冷食でいいか」

料理をする気力すら、今はまともに起きない。

簡単な物で今日は済ませてしまおうと冷凍パスタを手に取って、パッケージ裏面の電子レンジでの加熱時間に目を細めた。


——ピンポーン。


気の抜けた頭を覚まさせるように、軽快な音が部屋中に鳴り響く。

僕は冷凍パスタをキッチンに放り、インターホンのモニターに視線を向けた。

『……こんばんは』

そこに映し出されたのは、静音の顔だった。

ホッと小さく息を吐《は》き、僕は胸を撫《な》で下ろす。

「おう……。今日も来たのか」

平然を装って、いつも通りの声音で返事する。

『……上がっていい？』

「ああ。鍵、開けとくよ」

そう告げた僕はインターホンの通話を切って、急いで玄関の扉を解錠する。

おおよそ一分後、コンコンとノック音が聞こえ、同時にゆっくりと扉が開いた。

「……どうも」

「……っ。し、静音……だよな？」

玄関で静音を出迎えた僕は、扉の前に立つ彼女の姿に目を疑った。

静音は日頃から、地雷系のファッションを好んでしている。だが、今日の彼女の服装には、それらしきアイテムがほとんど見受けられなかった。

ツバの曲がったキャップ、ダボダボなオーバーサイズのパーカー、紺のジーンズ、薄底のスニーカー、シンプルなリュックサック。

髪は白髪のハーフツインと普段通りではあるが、今までとは全く違う系統のファッションに身を包んでいた静音に、僕は動揺を隠し切れなかった。

「もしかして、変……？」

「いや、変ではない……に、似合ってる……」

「そっか。……それだったら、よかった」

静音は緊張から解放されたように、表情を和らげる。

「……そうだ、これ。昨日はありがとう。洗っておいた」

「あ、ああ」

彼女はリュックの中から昨日の夜に貸し出した上下セットのジャージとTシャツを取り出して、僕に手渡した。

受け取った衣類に目を落としながら、数秒考える。

似合ってる——その一言に、嘘はない。

地雷系を着ている印象が強く残っているから違和感を覚えてはいるものの、「今着ている服装が似合っていないか」と問われれば、そうじゃない。

この状態のまま静音と出会っていれば何一つとして違和感なんてなかっただろうし、むしろ最高水準で似合っていると感じていたはずだ。

シンプルな上下セットのジャージでさえも似合ってしまうほどに、静音は恵まれた容姿をしている。今着ているようなストリート系の服装であったとしても、それは同じ事だ。

ただ、それ自体がおかしい。静音が地雷系ファッションではなく、こんな服装をしている時点で、明らかに普通ではない。

視線を上げて、改めて静音の姿を下から上まで目に焼き付けるように確認する。

その最中――一瞬、ほんの一瞬だけ、彼女と千登世が重なった。

千登世が好んでいる服装に、系統が――着こなし方が、だいぶ似ている。

服装の趣味が変わった？　たった一日で……？

現実世界にバグでも起きたかのような事態に直面し、僕の頭はパニックを起こす寸前にまでなっていた。

「なぁ……いい加減重いから、中に入らねー……？」

さらなるバグが発生したのかというくらい唐突に、もう一人の来宅者が視界の端に飛び込んできた。

「何でここにいるんだよッ⁉」

「うぉおういッ！　いきなり叫ぶなよ、ビックリするなぁ！」

「だって、お前がいきなり現れるから！」

「最初から今までいただろうが……。まさか気付いてなかったのか？」

扉の陰に隠れていたせいで、全く気が付かなかった。普段ならもっと早く気付けていただろうが、それほどまでに静音に意識を持ってかれていたのだろう。

「ったく、晋助君は薄情者だなぁ」

彼は文句を言いながら前進して、静音を玄関へと上がらせる。続いて中に入ると、靴を脱いで一人部屋の奥へと進んでいった。

柳生浩文《やぎゆうひろふみ》——大学内で最も交流のある男友達の登場に、僕の頭は今さっき以上の混乱を余儀なくされる。

「とりあえず、静音も上がれよ」

静音はコクンと頷《うなず》き、スニーカーを脱いで部屋へ上がった。僕はリビングへと入っていった浩文の背中を足早に追いかけ、肩を掴《つか》む。

「浩文、お前一体……」

「皆まで聞くな。お前が訊《き》きたい事は、手に取るように分かる」

悪役のような口調で浩文は応答し、レジ袋をドンッとローテーブルの上に置く。そして僕と静音の前で堂々と腕を組み、

「お前が知りたいのは、この袋の中身だろう⁉」

「違うけど」

見当外れな内容を、大声で口にした。

「これだけの大荷物を持ってたら、普通は気になるだろ⁉」

「それ以外が気になりすぎて、大して気にならなかった」

「折角《せっかく》の俺と静音ちゃんからのサプライズなのに！」

「サプライズ？　浩文と静音からの……？」

静音に視線を向けると、彼女は静かに首を横に振って否定する。

「サプライズじゃない。今日の夜ごはん」

「俺の奢《おご》りでな！」

今日は浩文と静音が、スーパーで食材を買ってきてくれたらしい。

「野菜は高いから買ってねーんだけど、田舎《いなか》のじいさんが毎月送ってくる新鮮なのがどうせまだ余ってるだろ？」

「確かに余ってるけど……今から何を作るつもりでいるんだ？」

「三人集まったら、そりゃあ鍋以外に選択肢はないだろ！」

コン、コン、コン……と、まな板と包丁の当たる音が聞こえる。

「色々と詳しく教えろ」

僕はベッドを椅子代わりにして座る浩文にそそくさと近寄り、キッチンにいる静音には聞こえないよう声を潜めて話しかけた。

「さっきも訊いたけど、どんな経緯があって浩文と静音が一緒にいたんだよ？　別にお前ら、二人で仲良く放課後を過ごすような仲でもなかっただろ」

三限目の講義を終えるまで、僕は大学で浩文と一緒に行動をしていた。

浩文が静音と合流したのは、少なくとも僕と別れた後。それまで二人が会うなんて話は、浩文からは勿論《もちろん》、静音からも聞いていない。

「お？　何だい、晋助君。彼女を親友にＮＴＲされそうになって焦っているのかい？」

「茶化《ちゃか》すなって。静音は彼女なんかじゃなくて」

「ただの友達だろ？　わーってるって」

手を上下に仰ぎ、浩文はヘラヘラと笑った。

「お前と分かれた後、俺は講義室に一人で向かってたんだけど、その時に静音ちゃんに呼び止められてさ。『一緒に服を買いに行ってくれないか』ってな」

「静音が、浩文に……？　それで、一緒に服を買いに行ったのか？」

「五限の終わりにな。静音ちゃんが今着てる服あるだろ？　まさにあれをさ」

浩文が付き添っていたから普段と違う系統のファッションをしているのか、と疑問が一つ解消される。しかし、やはり前提が分からない。

「結局、静音はどうして僕じゃなくて、浩文を買い物に誘ったんだ……？」

「気持ちは分かるけど、そのセリフだけ聞くと自意識過剰のヤバい奴《やつ》だぞ」

若干顔を引きつらせて、浩文は言う。

「まぁ、安心しろよ。俺を誘ったのも、お前を想《おも》ってみたいだしな」

「僕を想って？」

「なんでも、晋助の好みに合った服を教えてほしかったらしくてさ。だから、お前と普段から一緒に過ごしてる俺に頼ってきたんじゃねーのかな？」

浩文は「羨ましいを超えて恨めしいぜ」と、不貞腐《ふてくさ》れたように冗談っぽく、僕の肩をポンと叩《たた》いた。

「つか、買い物してる時に色々と聞いたぞ？」

「……？　何をだ？」

「静音ちゃんがパパ活してたって話と、そんな静音ちゃんの面倒見てるお前の話だよ」

「パパ活って……お前それ、どこまで聞いたんだ？」

「ＪＫのフリしておっさんとデートしてた事とかな。例の『コトネ』ってアカウントの正体が静音ちゃん本人だったのも含めて、洗いざらい聞いちまったぜ」

僕からは千登世にも浩文にもパパ活の件は言わずにいたのに、当の本人がことごとく話してしまうとは……。

「にしてもよぉ？　静音ちゃんと晋助の出会いがあそこまでドラマチックなものだったとは、正直思いもよらなかったわ」

「どういう風に聞かされたんだよ……」

「パパ活してる静音ちゃんを引き止めて、『もうパパ活なんてするんじゃねーよ。その代わり、行く場所がないお前の面倒は全部僕が見てやる』って言ったんだろ？」

「大体合ってるけど、誇張しすぎだ……」

そこまで格好付けた物言いはしていない。

「いやぁ、元々面倒見の良い奴だとは思ってたけど、それがここまで男気溢《あふ》れる人情ボーイだったなんて、驚きでしかないわ。俺が女なら惚《ほ》れてるね」

「そりゃどうも」

浩文は僕の肩を摑み、ニッと爽やかに笑った。だが、その笑顔とは裏腹に、摑まれた肩には少しずつ力が込められ、

「九条先輩をこの部屋に招き入れたのだけは、一生かかっても許さねーけどな！」

「痛い痛い痛い痛い……ッ」

浩文の怨念を、直《じか》に受ける事となった。

静音は僕と出会ってからの出来事を、一つ残らず浩文に語っていたようだ。


「うおおっ！　うっまそう！」

浩文は豚ロースを箸で摘《つま》み、口の中に放った。次いで白米をハフハフと搔《か》き込み、満足げな表情を浮かべる。

僕、静音、浩文が囲んで座ったローテーブルの中央では、鍋がグッグッと沸騰して湯気

を立てていた。鍋の中は豚ロース、にんじん、じゃがいも、キャベツ、椎茸《しいたけ》と色とりどりの具材で埋め尽くされ、鍋の横には冷凍パックの白米と小皿が三人分並んでいる。

柚子《ゆず》醤油《しょうゆ》のツユの香りが鼻孔をくすぐり、バイト終わりで腹を空《す》かせていた僕は「いただきます」の挨拶と共に、鍋へと箸を伸ばした。

「この肉、かなりうまいな……」

「そりゃあ、俺が奮発して良い肉買ったからな！」

「珍しいな。パチンコでも勝ったのか？」

「……」

「悪い。負けたんだな」

露骨に肩を落とした浩文の姿からは、答えを聞かずとも結果が容易に伝わってきた。

「んまぁ、そんなのはいいんだよ。日頃から世話になってる晋助に、たまには礼の一つや二つでもしてやりたいって、奮発しただけだしな」

「本当は静音の前だから格好付けて高い肉を買った、とかじゃないのか？」

「グフッ……ゴホッ！　ばっ、バカが！　そんなわけあるか！」

確定であるな、これは。

「というか、静音。浩文と服を買いにどこまで行ってきたんだ？」

「そこまで遠くじゃない。何駅か先にあるショッピングモール」

「もしかして、駅直結の所か？」

静音はコクンと頷いて、静かに食事を進める。

普段から口数も少なく大人しい性格の静音だが、今日は一段と物静かだ。

服装が見慣れた地雷系でないのも相まって、なんだか別人のように感じられる。

「あっ……そうだ、忘れてた！」

浩文は何かを思い出したらしくいきなり立ち上がり、慌ただしくキッチンに向かうと冷蔵庫の中を漁《あさ》り出した。

「これこれ。やっぱり鍋には缶ビールだよな！」

「昨日の千登世もだけど、よく人の家の冷蔵庫を許可なく使えるな……」

「九条先輩の話をするな、脱臼させるぞ！」

さっきの妬み具合からして、本当にやられかねない。

「酒を飲むのはいいけど、絶対に吐くなよ」

「友達の部屋で吐くまで飲むようなアホがいるか」

お前が心酔している千登世が、まさしくそのアホだぞ。

「静音ちゃんも飲む？　買ってきた缶チューハイ、冷やしてあるけど」

「……飲む」

浩文から受けた問いかけに静音は頷き、ストロング系の缶チューハイとストローを受け取った。そのまま栓を開けると飲み口にストローを挿して、ジュウゥ……と吸い込む。

「静音って、もう誕生日が過ぎたのか？」

「四月の頭に二十歳《はたち》になった」

「そうだったのか」

二年生ともなれば六月下旬の段階で二十歳の誕生日を迎え、酒やタバコが解禁となっている学生も少なくない。

僕は静音の事を、まだ全然知らないんだな……。

静音と友達になってからそんなに時間は経《た》っていないものの、ほんの少しだけ物寂しい気分になった。

「起こさなくていいの？」

「いいよ、疲れてるんだろ」

浩文は床の上で横になり、気持ち良さそうに鼻を鳴らしながら眠りについていた。

「浩文って、遠くから通学してるんでしょ？　この時間に寝始めたら、終電に間に合わなくなると思うんだけど」

「今日は泊まる気でいるだろうから、気にしなくていいよ」

最近は部屋に来る機会がだいぶ減っていたが、以前までの浩文はこの部屋を金のかからないホテルとでも思っているかのように、頻繁に泊まりに来ていた。

今日はこれまでと比べて眠りにつくのが相当早いが、それも無理はない。朝早くに通学して二限目から五限目までの講義を乗り切り、その後に静音と出かけて今に至る。

疲れが溜《た》まった状態で食欲を満たし酒も入れたせいで、急激に眠気が来たのだろう。

「静音は今日、自転車で来たのか？」

「ううん。電車」

「という事は、あと三十分くらいで出ないとなのか。静音がいいなら、別に泊まっていってても大丈夫だぞ？」

「親が厳しいから、泊まりはできない。……それに、迷惑になるから」

「迷惑って、僕にか？」

「うん」

「別に、そうは思わないけどな」

今までなら迷惑とまではいかずともあまり気乗りはしなかっただろうが、これだけ部屋に上げていれば、今更寝泊まりくらいで迷惑だなんて思いはしない。

ただ、無理強いしてでも泊まらせたいわけではないし、静音が「泊まらない」と言うのなら、引き止める気は微塵《みじん》もない。僕はこれ以上、何も言わなかった。

「静音が帰る前に、少し練習するか」

僕は一度時計に視線を向け、床から腰を起こし作業用デスクの椅子に座り直す。パソコンを立ち上げてイラスト制作のソフトを起動させると、静音は僕の近くに寄ってきた。

「今日はどんなイラストの練習をするの？」

「キャラクターの全体像を練習しようかな、って」

キャラクターイラストを描く事は多いが、基本的には太ももから上、もしくは動きのある絵を描くばかりで、足から頭までの全体像を多角度から練習する事は少ない。

プロのイラストレーターが描いた女性キャラクターのイラストを参考として画面の右端に表示し、構図を決めるために大雑把《おおざっぱ》な線でアタリを描く。続いてアタリが描かれたレイヤーに一枚レイヤーを重ねて、体の下描きに入った。

「これだと下半身のラインが不自然に見えるから、もう少し凹凸を意識してみて」

静音は覗《のぞ》き込むようにして画面上を指差し、的確なアドバイスを僕にくれる。

彼女の教え方は相変わらず上手《うま》く、言われた通りに修正していくと、自分でも驚くほど短期間で違和感が改善されていった。

いつも通りに行われる、食後の有意義なイラスト練習時間。だがただ一つ、普段とは少し違った雰囲気を、僕は肌で感じていた。

「あのさ……静音」

「……何？」

「い、いや……やっぱり何でもない」

言いかけはしたものの、ふと思い止《とど》まって口を閉じる。

腰回りに触れている左手と、背中に当たった温かく柔らかい感触。

静音は僕の背後に回って修正箇所を今尚《いまなお》教えてくれているのだが、今日はやたらと僕の体に彼女の体が密着していて、集中の妨げとなっていた。

わざとではないのだろうが、ここまで距離感が近いとさすがに気になって、イラストに向けていた意識が徐々に削《そ》がれていってしまう。

「……晋助、聞いてる？」

「あ、いや……えっ……と」

「聞いてなかったんだ」

「ああ……ごめん……。もう一回、言ってもらってもいいか？」

「だから、平面イラストばかりを参考にしてると、立体的に描く感覚がなかなか身に付かない。晋助の描くキャラクターは頭身が高いから、一度現実の人の体を見ながら描いてみた方がいいと思う。生の体を参考に人体の構造を知った方が、立体的に魅せられる」

「生の体……か。生って事は、服を身に着けていない状態だよな……？　参考にするなら、グラビアアイドルとかか？　それか、ヌードモデルとか……」

「それよりもっと、身近で良いモノがある」

「身近で良いモノ……？」

静音は僕から体をそっと離し、僕は椅子を四分の一程度だけ回転させた。

そして、僕とまっすぐ目を合わせ、

「私。……私を、モデルにするといい」

彼女は胸に手を当てながら、そう提案した。

「静音をモデルに、って……。服を着てない状態を参考にするって話だよな？　だったら、静音をモデルにはできないだろ」

「私は問題ない」

静音は表情一つ変えず、唐突に、当たり前のように、上に着ているダボダボのパーカーを脱ぎ捨てて、上半身だけ下着姿となった。

白の靴下、紺のジーンズ、黒のブラジャー。

下から順に彼女の姿を目視するも、一体何が起きているのか理解できず、僕の頭はただひたすら混乱するだけだった。

「はっ、早くパーカーを着ろよ！」

「私の体、見たくない？」

「見たいとか見たくないとかじゃなくて、さっさと服を着ろって！　この部屋には浩文だっているんだぞ!?」

「これだけ熟睡してれば、まず起きない」

「そういう話じゃなくって……ッ！」

「私は、晋助の役に立ちたい。晋助に必要としてもらうためなら、服くらい脱げる」

「お前をモデルにする気なんて一切ないから、脱ぐ必要がないんだよ！」

「私の体じゃ、モデルにならない？　胸は大きくないけど、代わりに形はそこそこ綺麗《きれい》な方だと思うよ……？」

静音は程良く膨らんだ胸を見下ろしながら、ブラジャー越しに両手で撫《な》でる。

頬《ほお》が赤く染まっているが、これがさっきまで飲んでいた缶チューハイのせいなのか、それとも服を脱いだ恥じらいからなのかは、正直僕には分からない。

それでも、これだけは言い切れる。

今の静音は、明らかにまともな状態じゃない。

「と……とりあえず、一旦落ち着けよ！　かなり酔ってるみたいだし、お冷用意してきてやるからさ！」

僕は平静を装って、椅子から立ち上がりキッチンへと向かう。

「何で逃げようとするの？」

だが、静音は立ち塞がるように僕の目の前へと移動してきた。

「別に、逃げてるつもりは……」

静音の上半身から目を逸《そ》らそうと遠くの壁を眺めるが、彼女が少しずつ近付いてくるのが視界の隅に映り、僕もそれに合わせて後退する。

今日の静音は、一体どうしたというんだ……？

いつもなら絶対にしない行動を、次々としてくる。

静音との距離がジリジリと縮まっていき、僕の額にはヒヤリと汗が流れた。

いつの間にか僕は背後の壁際――ベッドが設置されている位置にまで追い込まれ、そのままバランスを崩してベッドの上に着座してしまう。

静音は僕の正面に立ち、込み上がる感情を抑え込むように俯《うつむ》いた。

「晋助のためなら、私は何だってする……。パパ活も辞めるし、服も脱げるし、セックスだって……晋助が望むんだったら、いくらでもできる」

「お前……パパ活はしていても、『好きな人以外とセックスはしたくない』って言ってただろ……？　僕に必要とされたいがために、簡単にそんな事を許容するなんて――」

「――簡単にじゃないっ！」

溜め込んだ感情を静音は爆発させ、僕の言葉を搔《か》き消した。

「……私は、晋助が好きだから……っ！　セックスだって、君とならできるの……っ」

荒げた声は途中で震え出し、段々と弱々しく消えていく。

「たとえ性欲処理が目的でも……私は構わない。……どんな形でもいいから、晋助の役に立ちたい。……それくらい、君を好きになったの……っ」

涙を流さないよう彼女は必死に堪《こら》えながら、振り絞るように少しずつ、本当に少しずつ、本心を溢《こぼ》していった。

静音が僕に好意を抱いているのは、前々から感じ取ってはいた。

とはいえ、それはあくまでも僕自身にではなく、依存先となる相手を「好き」だと錯覚しているだけで、恋愛的な好意とはものが違うと考えていた。

彼女が僕に好意を抱いているのか、それとも依存先となる関係性を手放さないように僕に好意があると自身で錯覚しているのか——それを知る事は、今すぐにはできやしない。

どちらにせよ、今の静音は決して良い状態だとは言えないだろう。

何が引き金となったのかは分からないが、静音は僕に必要とされたいと思うがあまり心を乱して、暴走を始めてしまったのに違いはない。

「嫌いだから、今も私を避けるの？　晋助は、私の事が嫌いなの……？」

「嫌いじゃない。嫌いだったらそもそも、部屋に上げたりなんかしないだろ？」

静音を落ち着かせるように、僕は言う。

「……違う。晋助は優しいから、部屋に上げてくれてたんでしょ？」

「それなら……晋助は『これ』を見ても……君が嫌いな自傷痕を見ても、同じように私を『嫌いじゃない』って、言ってくれるの？」

「そんな事……」

静音は左手首を、僕の目の前に突き出した。

そこには、無数に刻まれたリストカットの痕。

赤みが引いている事から、自傷後かなりの時間が経過しているのは推測できる。最近になって作られたと思われる傷痕は、一本も見受けられない。

ただ、痛々しさは薄れ、一見目立たなくはなっているものの、過去の弱った心を表すかのように、うっすらと白く、静音の手首には確かに傷痕が残されていた。

「……動揺、隠せてないよ」

手首の傷痕を見た時、僕は咄嗟《とっさ》に感情を圧《お》し殺そうとはしたものの、反射的に目元がピクリと動いてしまっていた。彼女はそんな些細《ささい》な挙動にすら、過敏に反応してしまう。

「ぼ、僕は……」

思考がグチャグチャになって、かけるべき言葉が見つからない。

全身が強張《こわば》り、呼吸は乱れる。

静音にリストカットの経験があるのなんて今更驚く事じゃないし、もしかしたら……と、以前から考えてはいた。

傷痕がある事を知る日がいつか来るかもしれない——心の準備はしていたのに、こうして直《じか》に傷痕を見せられると、どうしても平静ではいられなかった。

「リスカ痕があるような女じゃ……私なんかじゃ、モデルなんて務まらないよね」

静音はボソリと、自分を納得させるように声を出す。

「地雷の女なんて、晋助は嫌だよね？　リスカした事がある女となんか、関わりたくないよね？　……本当だったら、避けたいんだよね？　ずっと、嫌いだったんだよね……？」

彼女が声を発する度、徐々に熱がこもっていき、

「メンヘラなんて……こんな私なんて、必要ないよね……⁉」

秘めていた苦しみを、全て吐き出した。

「……もっと早く、晋助に出会ってたかった」

静音はその場に膝を抱えてしゃがみ込み、顔を伏せる。

僕と出会うのがもう少し前——静音の心が比較的に安定している時期であれば、当時の彼女を支えられていたのかもしれない。

「何で私、こんな性格なのかな……？　どうしてこんなに、心が脆《もろ》いのかなぁ？」

感情の昂《たかぶ》りに耐え切れず、静音は肩を震わせ咽《むせ》び泣く。

腕に流れる血液を止めるように、左手首を右手で強く握りしめた。

今にも心が壊れてしまいそうな静音を無責任にも救いたいと、僕は吸い込まれるように彼女の肩へと腕を伸ばす。

「もう、無理に優しくしないでよ……っ！」

静音から受けた、初めての拒絶。

伸ばした手を払《はら》い除《の》けると、彼女は僕の表情を数秒視界に映し、現実から目を背けるように再び下を向いた。

「……晋助は優しいから私を受け入れてくれてたけど、本当は嫌だったんでしょ？」

「そんな事、本当に思ってなんか……」

「嘘《うそ》だよ。優しい嘘は普通の嘘より傷付くから、やめてよ。……本心を教えてよ」

静音に対する、僕が思っていた本当の気持ち。

確かに僕は、静音を避けていた。

しかし、中学一年生の頃の元カノと静音を勝手に重ね、どことなく放ってはおけないと部屋に上がる事を許し、自分でも不思議に思うほど少しずつ彼女を受け入れ始めた。

今日、突然部屋に訪れなくなっただけで取り乱すまでになり、出会いから半月ほどで、静音は僕の日常にいて当たり前の存在になっていた。

とはいえ、リストカットの痕のように、過去に抱いた感情は消えやしない。

静音の事が嫌い――とまではいかないものの、やはり煙たがっている時期があったのは変えられない事実であり、偽ったところで嘘になる。

「黙っている……って事は、そうなんだよね」

「ち、違う……ッ！　嫌なんかじゃ、絶対に……」

情緒を乱している今の静音に本当の事を言うのは、火に油を注ぐようなものだ。

一体僕は、彼女をどう思って部屋に上げていたのだろうか？

慈善活動でもしているかのように、捨て猫を拾うかのように、烏滸《おこ》がましくも静音を放っておけないだなんてエゴにまみれた軽率な動機で、僕は彼女と関わった。

見せかけの中途半端な優しさで静音と日々を過ごし、挙げ句には彼女の心を限界まで追い詰めてしまっている。

「これ以上優しくされたら、引き返せなくなる。だから、もう……やめて……」

どんなに綺麗事《きれいごと》を言っても、僕にはもう引き止められそうにない。

涙でメイクが落ちた静音の表情は、ひどく歪《ゆが》んでいた。

僕は、優しくなんてない。

結局は自己満足で、静音と関わっていただけなのだ。

「晋助、ごめん……。本当に、ごめんなさい……」

静音の謝罪が、僕の心を抉《えぐ》った。

彼女はゆっくりと立ち上がって服を着ると、数少ない荷物をまとめて廊下の方へと歩いていく。

「……そろそろ帰る。今日は……今まで、君にはいっぱい迷惑かけたね」

扉の前で静音は一度振り返り、頬を濡《ぬ》らしたまま精一杯に笑顔を繕った。

僕は腰を浮かして手を前に出すが、彼女は見て見ぬ振りをして部屋を去る。

止まった思考で壁掛けの時計を見上げると、終電の時間はとっくに過ぎていた。

今ならまだ静音を引き止められるかもしれないが、行動を起こそうとすると彼女が去り際に見せた表情が脳裏を過《よぎ》り、本当に追いかけるべきなのかと躊躇《ちゆうちよ》してしまう。

「くかぁー、くかぁー……」

数十分前まで騒々しかったリビングには、浩文のいびきだけが微《かす》かに響く。

静音と出会う以前のような光景に、懐かしさを覚える。

ただ、彼女のいないリビングは歯痒《はがゆ》くなるくらい物足りず、とても薄暗かった。

☆

食事の片付けはおろかシャワーすらも浴びないままベッドで眠りにつき、浩文の呼びかけで目を覚ました時には、時計の針は翌日の十一時を指していた。

浩文は僕が目を覚ますなり「静音ちゃんはいつ帰ったんだ?」と尋ねてきたが、今は彼女の話題に触れる気になれず、下手な笑顔ではぐらかす事しかできなかった。

以前の静音であれば終電で帰っても、翌朝には弁当を持ってマンションのインターホンを鳴らしてきたのだが、今日はその気配もない。

またすぐにひょっこりと顔を出してくるかも、なんて浅はかな期待を多少は抱いていたが、どうやら叶《かな》いはしなかったようだ。

浩文はしばらくしてマンションを後にし、僕は部屋で一人になった。

今日は土曜日で、大学の講義もなければバイトの予定も入っていない。

普段なら家事をさっさと済ませて、余った時間をイラストの練習にあてるのだが、今日はそんな気分に到底なれなかった。

ペンを握って液晶タブレットを睨《にら》んではみたものの、手が全く動かない。

こんな状態じゃ練習にならないと、講義を受けながらノートの片隅にラクガキする時のように、何の気もなしに頭に浮かんだものをスケッチブックに描いてみる事にした。

鉛筆を握り、スケッチブックの端っこをトントンと芯の先で軽くつつく。

真っ先に思い浮かんだのは、琴坂静音の顔。

彼女の姿を頭に留《とど》めて描き始めたラクガキは、いつも以上にスラスラと形になっていき、いつの間にか本気のイラストへと変わっていった。

イラストが完成に近付くにつれて、静音に対する心配がより強くなる。

彼女は一体、今どこで何をしているのだろうか？

数時間前に別れたばかりだというのに、静音の事が無性に気になる。

「……こんなの、静音には見せられないな」

完成したイラストを眺め、言葉を溢す。

ふと窓の外に目をやると、空の色はまるでペンキで塗り潰したかのような、うっすらと青みがかった黒に染まっていた。

結局その日、静音は終電の時間を過ぎても、マンションに訪れなかった。

☆

日曜日。静音は今朝も、僕の前に姿を現さなかった。

家からも出たくないほどに気持ちが沈んでいたが、今日はバイトがある。

僕はマンションを出る直前、『今どこにいる？』と静音にスマホからメッセージを送信し、コンビニへと向かった。

「おっ、晋ちゃん。重役出勤だねぇ」

「まだ二分前だろ」

事務所に入ると、すでに制服への着替えを済ませていた千登世が、ひらひらと手を振ってくる。僕はペコリと頭を下げ、タイムカードを押して制服に着替えた。

「それじゃ、そろそろ行こっか」

レジカウンターに入る準備を終えると、千登世は僕に一声かけて扉に手を添える。

「……ん」

千登世は僕の目をジィーッと見つめ、ふっと扉から手を離した。

「……？　どうかしたのか？」

「別に、どうもしないよ。……アタシは、ね？」

彼女は僕に近付き、両の掌《てのひら》で僕の頬《ほお》をむぎゅっと挟む。

「ぷふっ！　変な顔だなぁ」

「ほれは、ほまえが……」

「『惚《ほ》れた、もうダメだ』……？　えっ、アタシに？」

「『それは、お前が頬を潰してるからだ』だよ！」

千登世の両手を撥《は》ね除《の》けて、僕は叫ぶように訂正した。

「なーんだ、ちょっと期待したのに」

「んなわけがあるか。というか、これからバイトって時に何のつもりだよ？」

「いやぁね？　晋ちゃんの元気がないように見えたからさぁ」

彼女は首を傾《かし》げ、僕の表情を観察するように覗《のぞ》き込んだ。

さすがは幼《おさな》馴染《なじみ》だな、と思わず感心してしまう。

「今日の納品は少ないみたいだし、さっさと仕事片付けちゃおっか。その後にゆっくりと、晋ちゃんのお悩み相談に乗らせてもらうよ」

千登世はくるりと半回転し、前へと歩き出す。

「……いつも悪いな」

「いいよ。お姉ちゃんなんだから」

普段はおちゃらけた言動をする事が多い千登世だが、今日の彼女はどことなく静けさがあり、向けられた背中には頼《たよ》りがいがあった。

夜が更けるにつれて、客足は段々と遠《とお》退《の》いていく。

日曜日は仕事や学校帰りの客も少なく、特に夜の時間帯は明日から始まる平日に備えて体を休める人が多いせいか、通常の営業より時間にかなりのゆとりがあった。

「それで、何があったの？」

一通りの業務を終えた僕と千登世は隣り合ってレジカウンターに立ち、タバコの補充作業を惰性でしながら会話を始めた。

「静音が、マンションに来なくなった」

単刀直入に、今起きている事態を千登世に告げる。彼女は「へぇ」とどこか上の空にも思える相槌《あいづち》を一つ打って、カートンの包装を剝がした。

「それって、いつからの話？」

「金曜日の深夜……いや、日付が変わってすぐから」

「まだ全然、日は経ってないじゃん」

第三者からすればそこまで長い時間が経過しているわけではないし、特に心配する必要もないように感じるだろう。だが、静音の場合は違う。友達になった日から毎日、朝と夜に欠かさず部屋を訪れていた彼女が、唐突に姿を見せなくなった。

最後に見たのは情緒不安定に陥った姿であり、それからの連絡は一度もない。

「静ちゃんを最後に見送った時、何か気になる事でもあったの？」

「……静音に、色々と言われたんだよ。『私なんて嫌いでしょ』、『メンヘラとなんて関わりたくないでしょ』、『私なんて必要ないでしょ』……って」

静音の言葉を思い返しながら、千登世に伝える。すると、彼女は事態の深刻さを理解したらしく、「そっか」と小さく頷《うなず》いた。

「金曜日の静音は全部が全部、いつもと違った。朝は部屋に来なかったし、夜に来たのもいつもより遅い時間で、知らない間に浩文と行動してたり……何より、服装が違った」

「服装？」

「僕がバイトをしてる時、静音は浩文と二人で服を買いに行ってたんだよ。地雷系じゃなくて、千登世の私服みたいな系統の服を。それを着て、僕の部屋に来たんだ」

「……相当悩んで、頑張ったんだね」

「頑張った……？」

「静ちゃんは晋ちゃんに好かれるために、自分の好きなものを手放したんだよ。自分にとっての『好き』を手放すのは生半可な覚悟じゃできないし、強い気持ちの表れだからね」

　地雷系のファッションは、静音が好んでしていたもの。

　静音は僕のために、自分を変えようとしてくれていたのだ。

　でも、ちょっと待てよ？　僕が地雷系やリストカットを苦手としているのと、メンヘラ女子にトラウマを抱いていた事を、静音はどこで知ったんだ……？

「ねぇ、晋ちゃん」

「……？」

　補充作業を中断し、千登世は重たい声色で僕を呼んだ。

　僕は視線を上げ、彼女と目を合わせる。

「晋ちゃんは、静ちゃんとどうなりたいの？」

千登世とは今までたくさん会話をしてきたが、ここまで真剣に言葉を吐く姿は、初めて見たかもしれない。その眼差《まなざ》しと口調に、僕の体はゾクリと震える。

「どう……って」

「あの子を心配するだけして、どうするつもりでいるの？」

「それは……今まで通りに……」

「今まで通り、ただの友達として部屋に招いて、家事を手伝ってもらって……それで、あの子は救われるの？　晋ちゃんは、それを望んでるの？　いつまで続けるつもりなの？」

静音の居場所を一時的に作るだけなら、簡単かもしれない。

しかし、それは本当に「一時的」に過ぎず、応急処置でしかない。

ただの友達のまま彼女を受け入れ続けるには、限界がある。

だというのに、僕は静音に同情し、気まぐれにも手を差し伸べた。あまりに自分勝手で、偽善とも言えるようなその行為は、

「無責任だよ。中途半端な優しさは」

それ以外になかった。

「優しくすれば、人に感謝される。だけど、優しさを注ぐにも限度があって、それを超えたら酷なものに変わっちゃうんだよ。最後まで寄り添い切れない限りはね」

途中で優しさを注がなくなった時、相手は心の支えを失う。

注ぎ続けていた側にも罪悪感が残り、少なからず心が乱れる。

「もう、あの子に関わるのは……やめた方がいいよ」

はっきりと、千登世は言い切った。

些《いささ》か冷たいようにも聞こえるが、これは決して意地悪で言っているわけじゃない。僕を心の底から心配してくれているからこその、割り切った優しさだ。

「晋ちゃんが静ちゃんに何を求めているのか、あるいは何も求めていないのか……メンヘラ女子の静ちゃんをそこまで気にかける理由が、アタシには分からない」

過去の経験からトラウマを抱き、関わる事を避けてきた存在。そんな彼女とどうして今まで自然と接する事ができていたのか。──それは、僕にもまだ分からない。

「静ちゃんは今、晋ちゃんにどっぷりと依存してる。誰が見ても分かるくらい、縋《すが》り付いてた。……晋ちゃんだって、忘れてないよね？　中学生の時からそういう女の子と関わって、苦労してきた事。今のままじゃ、それを繰り返す結果になっちゃうよ？」

千登世の言っている事は、ごもっともだ。

僕は静音と接し続ける中で、何を求めていたのだろう？　地雷系でありリスカ痕がある彼女を、どうして気にかけていたのだろうか？

僕が静音と今まで通りに過ごせば、今後の彼女を苦しめる結果に繋《つな》がる。

静音が苦しめば僕もその影響を受けて、負の連鎖となる。

自己防衛のために、何より彼女のためにも、関係をここで終えるべきなのか。

自分の考えが理解できず、現状の処理すら上手《うま》く行えない。

答えのない解決案を求め、頭の中がグルグルと回った。

それでも、この場ですぐには思考がまとまらない。

バイトを終えてマンションに戻った後も、僕は一人悩み続ける事となった。

☆

月曜日、昨日同様の朝が来る。

昨夜のバイト終わりにも、静音はマンションを訪れなかった。

スマホから送ったメッセージに返信はなく、既読にもならない。

起床してから部屋を出るまでの間にも彼女は姿を現さず、僕は無気力にも買い溜《だ》めしていた冷凍食品で適当に朝食を済ませ、いつもより早めに大学へと出かけた。

僕と出会う前、静音は実家にいる時間を極力減らそうと、大学への登校は朝早く、下校は夜遅くになるよう行動していた。

朝からキャンパスを練り歩いていれば、もしかすると静音を見つけられるかもしれない。

そう考えた僕は、静音が行きそうな場所を一箇所ずつ巡っていく事に決めた。

静音は僕に会いたくないかもしれないし、もう僕なんて必要ないのかもしれない。だが、音信不通となった彼女が今何をしているのか、どうしても確認しておきたかった。

けれど、物事がそんなに上手く進むはずもない。何の成果も得られないまま二限目の始まる時間は迫り、僕は渋々諦めて講義室へと足を進めた。

「晋助ぇぇえっ！　こっち、こっちだ！」

講義室に入ると、先に来て後ろの方の二席分を席取りしていた浩文がブンブンと左右に手を振って、僕を盛大に出迎える。

多くの学生からの注目が浩文に集まり、僕は一瞬他人のフリをしてしまおうかと迷ったが、今更手遅れだと悟って、彼のもとへと小走りで向かい座席に腰を下ろした。

「目立つからやめろよ、大声出すの」

「悪い悪い。いつもなら講義室に着いてる時間なのに見当たらなかったから、てっきり自主休講したんだと思っててよ。だからつい、興奮して声張っちまってな」

浩文は笑みを浮かべ、僕の肩をバシバシと叩《たた》く。

「……ん？　お前、何かあったの？」

「え、何が……？」

「顔だよ、顔！　そんなチンコ臭い顔してたら、何かあったのかって思うだろ⁉」

「それを言うなら辛気臭いだろ」

僕はそんなに顔に出るタイプなのだろうか？　浩文には心配させまいと気持ちを整えて

から来たつもりだったが、こんなすぐに見破られてしまうとは……。

「今日、静音ちゃんと一緒だったのか？」

「……いや」

「って事は、静音ちゃん絡みでトラブったんだな」

浩文は脚を組み、指先で摘《つま》むように顎をさする。

「それじゃあ、詳しく聞かせてもらおうか」

「でも、浩文に相談したところで、何が変わるってわけじゃないからな」

「ばぁか！　男女の淫らないざこざは、多くの人の意見を参考にして解決するのがセオリーってもんだろ⁉」

淫らないざこざで悩んだ覚えは一つもない。

とはいえ、一人で悩んでいても先に進まないのは確かだ。

今の自分の考えを信じ切るのも難しいし、千登世から受けた意見を全て鵜呑《うの》みにするわけにもいかない。

浩文は僕と静音の関係を知る数少ない相手だし、話してみてもいいかと思えた。

教授が講義室に入ってきたのが視界に映り、僕は「続きは昼休みに」と浩文に言う。

二限目の講義はろくに集中もできないまま時間が過ぎ、ノートの隅にラクガキをしていたら、あっという間に終了した。

講義室を出た僕と浩文は食堂へ足を運び、四人掛けの座席に向かい合って座る。

そして僕は、金曜から今日までの出来事と今抱えている悩みの全てを、彼に伝えた。

「なるほどなぁ」

浩文は背もたれに体重を預けながら、眉間に皺《しわ》を寄せる。

「要するに、静音ちゃんと関わるべきか、関わらないべきかで悩んでいる……と」

「ああ……」

「晋助はまだ、静音ちゃんと関係を持っていたいんだよな？」

「持っていたい……んだと思う」

「思うって何だよ、はっきりしねーな」

「自分の気持ちが、よく分からないんだよ」

「ふぅん。……まぁ、きっと静音ちゃんも、今のお前みたいに悩んでたんだろうなぁ」

浩文は思い返すように、腕を組んだ。

「俺と服を買いに行った時に言ってたんだけどよ。あの子、晋助との関わり方に相当悩んでたみたいだぜ？『晋助は地雷系の服なんて好きじゃないから、まずは見た目から変わりたい』、『このまま関わり続けていたら、晋助を苦しめるかも』……ってな」

静音と浩文が僕のいない場で交わしていた会話内容の一部を聞き、彼女と今の僕は互いに似たような悩みを抱えているのだと、改めて認識する。

「んー……。確かに、俺に話したところで解決するような問題じゃねーな。晋助と静音ちゃんがどうしたいか……結局はお前ら次第になるしょ」

「やっぱり、そうだよな」

「けど、連絡すら取れてねーんだもんなぁ？　俺も連絡先は一応交換してるけど、普通に考えて無視されるだろうし……。メッセだけじゃなくて、通話はかけてみたのか？」

「通話は二回かけたけど、どっちも応答なしだった……」

「もしや、すでにブロックされちゃってる？」

「だとしたら、完全に詰みだな……」

ブロックのように明らかな拒絶反応を示されていたら、もう放っておくほかない。

僕がポケットからスマホを取り出すと、浩文は「貸してみ」と掌《てのひら》を広げた。ラインを開いて静音とのトーク画面を表示し、言われるがまま彼に手渡す。

「ええ……っと、どれどれ？　……見た感じ、ブロックはされてないなぁ」

「なら、今は未読無視をされてる……って事か」

静音は大学で、僕達以外に友達を作っていない。そのため、第三者を経由して連絡を試みる事も難しい状況にある。話し合いをしようにも、連絡を取れなければ何も為《な》せない。

彼女の気持ちに整理がつくまでそっとしておいて、気長に連絡を待つのも一つの手だが、それではいつ現状を打開できるのか分かったものでない。

明日の倫理学の講義でなら高確率で会えるだろうが、静音は直接会話なんてしたくはないだろう。彼女の意思を無視するのは、僕としても気が引ける。

そもそも静音は、倫理学の講義に出席するのだろうか？

静音は大学を、在宅時間を減らすための手段としか思っていない。そんな彼女が僕も出席している講義に顔を出すかと考えれば、微妙なところである。

「静音……何もなければいいけど」

「親かよ！　過保護になってると、なかなか自立できなくなっちまうぞ？　静音ちゃんだってもう二十歳《はたち》なんだから、気にしすぎるのもよくないだろ」

「けど……あいつがもし、自暴自棄にでもなっていたら……」

メンヘラが情緒不安定に陥った時の行動は、予測不能。

パパ活やリストカットに再び走ってしまう恐れは十分にあるし、最悪もっと取り返しのつかない事に手を出してしまう可能性だって、考えられなくもない。

「お前、静音ちゃんにゾッコンじゃねーか。彼女必要ない主義はどこ行ったよ？」

「別に静音をそういう目で見てるわけじゃ……」

「あー、あーっ！　言い訳はいいわけ！　まったく、そんな悩みの一つとも無縁な俺からしたら、今のお前に対してすら僻《ひが》み妬みがウジャウジャと湧いてくるぜ！」

浩文は両耳をそれぞれ掌で塞ぎ、首を激しく横に振った。

「……ったく、いい加減認めろよ？　お前はなんだかんだ言い訳してゴチャゴチャと考えてっけど、結局全部『静音ちゃんが好き』で片付くんだわ！」

「恋愛脳すぎるだろ……」

「最初から興味のない相手だったら、そこまで恋煩いみたく悩まねーだろ」

浩文の言っている事も理解はできるが、納得はできない。

僕は静音に対して、恋愛感情を抱いてはいない。

仮にそうだとしたら、静音が上の服を脱いで迫ってきた時、僕はきっと彼女を受け入れてしまっていただろう。それに、もっとこう……胸がドキドキしていたはずだ。

「お、そうだっ！」

浩文は唐突に両の掌をパンッと叩き、スマホをすぐさま取り出した。

「妙案でも思い付いたのか？」

「妙案とまではいかねーな。ただ、話すのは難しいけど、様子見だけだったら……パパ活をしてるかどうかくらいなら、確認できるかもしれねーぞ。……って、おかしいな。コトネ、コトネ……よし、見つけた！　やっぱ可愛《かわい》い女の子はフォローしとくもんだな！」

浩文は僕の目線の先に、スマホを掲げる。

そこに映されていたのは、ツイッターの画面だった。

「これって、静音のアカウント……？」

「名前と『@』は変更されて、過去の投稿も全部消えてはいるけど、静音ちゃんが元々パパ活に使ってたやつで間違いねーよ」

パパ活時に使用していた「コトネ」という名義から、本名の「静音」として再登録されたアカウント。

アイコンも黒髪にセーラー服を着た姿ではなく、白髪で地雷系ファッションに身を包んだ静音そのままの自撮り写真に変更されていた。

「ほれ、ちょっと見てみ」

浩文はスマホをテーブルの上に置いて、僕に操作を委ねる。

「投稿は一つもなし……か」

投稿から静音の様子を窺《うかが》う事は、どうにも難しそうだ。

見たところ、フォローすら誰にもしていない。

しかし、フォロワーは一人だけいるようだった。

一覧を表示して、僕はそのアカウントの詳細を覗いてみる。

「えっと……『東京城下大学アウトドアサークル　遊呑《ゆうの》み』……？」

どこかで聞いた覚えがあるが、すぐには思い出せない。

重要な何かが、頭の片隅に引っ掛かる。

「このサークル、浩文は知ってるか？」

「ん……？　ああ、知ってる知ってる。というか『遊呑み』って、城下大の中じゃ超有名な飲みサーだろ。三年の星水《ほしみず》先輩がサークルの代表をしてるってのもあってさ」

「星水……？」

「ほら、ミスターコンで去年四位になった、あの人だよ！」

「いや、全く知らないな。誰だよ、それ――って……いや、ちょっと待てよ？」

星水、三年、ミスターコン四位、飲みサーの代表――情報を頭の中で繰り返し思い浮かべ、必死に記憶の中に探りを入れる。

「……っ」

ツーッと、冷や汗が流れた。

「お、おい……どうかしたのか？」

「いや、何でもない……何でもないはずだ……」

想像もしたくない嫌な予感が、一瞬にして全身を駆け巡る。

僕は「遊呑み」のアカウント画面を開き、投稿内容を齧《かじ》り付くように確認した。

『六月二十七日の十八時から、大学の最寄駅から歩いて数分の居酒屋で飲み会を開催します！　興味ある人は「いいね」押してください！　詳細はＤＭにて！』

目に留まったのは、飲み会の参加者を募る最新の投稿。

僕は照準が定まらないほどに震えた指先を画面に這《は》わせ、その投稿に「いいね」と反応したアカウントの一覧を表示し、視線を落とす。

「しず……ね……？」

思わず、自分の目を疑った。

画面に映された数個のアカウントの中には、「静音」という名前も含まれている。

静音は「遊呑み」の飲み会に、参加の意思を示していたのだ。

「静音ちゃん、飲み会に参加しようとしてたのか。とりま、よかったな！　パパ活に戻ったりはしてないっぽいし、ひとまず安心だろ？」

「一つもよくないし、安心もできねぇよ！」

僕は声を荒げ、その言葉を否定した。

浩文は体をビクッと反応させて一瞬驚くが、ただならぬ顔をした僕を見て「どういう事だ？」と眉を寄せる。

「このサークル、千登世を何度も飲み会に誘ってたとこだ。手当たり次第に女子に声をかけて、酔わせて無理矢理《むりやり》持ち帰る……所謂《いわゆる》『ヤリサー』だって、あいつが言ってた」

状況の深刻さを理解したようで、浩文は「マジかよ……」と低い声で呟《つぶや》いた。

静音は「遊呑み」がそういうサークルだと知っていて、飲み会に参加しようとしているのか？　それとも何も知らずに、参加を決めたのか？

テーブルの上に置いていた自身のスマホを手に取り、ツイッターを開く。

「晋助……？　お前、まさかとは思うけどよぉ……？」

「多分、そのまさかで合ってるよ。僕のアカウントから投稿に『いいね』して、DMにも連絡を入れる。……それで、飲み会に参加する」

「正気か……⁉」

正気じゃない事くらい、自分でもよく分かっている。

ツイッターまで確認して飲み会に乗り込もうとするなんて、粘着質なストーカーのようなものだ。誰がどう考えても、決して褒められた行動ではない。

それに、いくら「遊呑み」が悪い噂《うわさ》のあるサークルだったとしても、静音が危険な目に遭うのが確定しているわけじゃない。

だが、今の静音の状況を考えると——どうしても放ってはおけなかった。

「お節介の範疇《はんちゅう》を明らかに超えてるし、出すぎた真似《まね》だっていうのも重々承知だ。だけど、僕は静音と今すぐにでも会って、しっかりと話がしたい」

「……そうか。まぁ、そうだよな。……そうなるよなぁ」

浩文は頭を荒々しく掻《か》いて、手元のスマホに視線を向ける。

「……だったら、俺のアカウントから連絡取ってやるよ」

「え……いいのか……？　でも、どうして……」

「フォロワー八千人もいるアカウントがヤリサーの投稿に反応するなんて、よろしくねーだろ。新しくアカウントを作って話しかけても警戒されるだろうし、それなら俺の普段使いしてるやつから連絡取った方が、相手側も不信感も抱かず接してくれそうだからな」

「予想外にも協力的だな……。意外すぎて、ちょっと驚いた」

「晋助には散々世話になってるしな。それ抜きにしても、静音ちゃんが見ず知らずの男共に犯されるなんて、胸糞《むなくそ》悪いしよ！」

　僕は今、浩文と友達になってよかったと心から思えた。

　こういう時に手を貸してくれる友達は、なかなかできるものではないだろう。

「もし返信がなかったら、大学付近の居酒屋を一軒一軒巡ってみようぜ」

「ああ、その時は協力頼む。そしたらお返しに、後で飯でも奢《おご》らせてくれ」

「焼肉。高く付きそうなら、晋助の部屋で開催でも可」

「無事に終わったら、だからな？」

「そんなら、奢りは九割確定だな！」

「随分と自信があるんだな」

「実行すればほぼ確実に成功する妙案が、一つだけあるからよ」

　ニヤリと不敵に笑う浩文に、いつになく頼もしさを感じた。

「……けどさ、晋助。行動を起こす前に、ちょっと訊《き》いてもいいか？」

「何だよ、改まって」

「お前は、静音ちゃんみたいなタイプの女の子が苦手だったんだよな？　それなのにこれだけ関わりを持っている今でも、静音ちゃんに対して恋心を抱いてはいない、と」

浩文は僕の瞳をまっすぐ見て、率直な疑問を改めて投げかけてきた。

「だったらどうして、静音ちゃんのためにそこまで悩んで、体を張れるんだ？」

僕はその質問に即答できず、数秒黙り込んでしまう。

けれど、冷静になって考えてみたら、自身の内側から掘り起こされるように、少しずつ答えが浮かんできた。

過去の経験からメンヘラ女子にトラウマを抱いていた僕は、先入観から地雷系の見た目とリストカットによる傷痕がある人を、徹底的に避けて数年間を過ごしていた。

だというのに、僕の静音に対する苦手意識はいつの間にか薄れ、彼女の存在が頭から離れなくなるほどになってしまった。

もしかすると——いや、僕はきっと、前提から間違えていたのだろう。

彼女と関わりを持ち続けようとした明確なワケに、僕は今更になって気が付いた。

それはどこまでも単純で、分かってしまえば拍子抜けするような理由。

「あいつが……静音が、僕を必要としてくれたから」

自分を必要としてくれた彼女に、心に問題を抱えた一人の女の子に——琴坂静音の想《おも》いに、僕はただ、この身をもって応えてあげたかったのだ。

メンヘラに本心を伝えたら

「琴坂《ことさか》さん、マジで可愛《かわい》いね！」

「ほんとそれなぁー。今日は来てくれてありがとねー？」

「一度話してみたかったから嬉《うれ》しいわー」

「その服、地雷系ってやつ？　やべー、ちょー似合ってるじゃーん」

大学から少し歩いた先の商店街にある、一軒の居酒屋。

広々とした個室に設置されたテーブルには、サラダに揚げ物、枝豆にフライドポテトといったつまみ類が並べられている。

男性五名と女性三名の計八名で開催された、学内サークル「遊呑《ゆうの》み」の飲み会。

乾杯でカシスオレンジの注《つ》がれたグラスを鳴らしてすぐ、私の周りには飲み会参加者の男性陣が群がり、特に会話もしていないのに話題の中心となってしまった。

正面も左右も男で、やたらと距離が近い。パパ活で知り合ったオジさん達の方が、初対面時の距離間はもっと離れていて紳士的だったように思う。

私は愛想笑いを繕って何とか対応するが、蚊帳《かや》の外にされた私以外の女子二名はつまらなそうに乾いた笑顔を浮かべていた。

「お前らさぁ。そんながっついたら、琴坂さん困っちゃうだろー？」

右隣の男と私のわずかな隙間にわざわざ割って入り、彼はハイボールの入ったジョッキを傾けた。

「どう？　楽しめてる？」

「まだ始まったばかりだから」

グラスをコツンと当てて答えると、彼は「それもそうか」と陽気に笑った。

トーンの明るい茶髪に、整った目鼻立ち。服装は女子ウケ重視の流行モノで、白のトップスに薄茶色のシャツを羽織り、黒のパンツと爪先の丸い革靴で組み合わせている。そこに親しみやすく優しげな口調も加わって、全体を通して女慣れ感が溢《あふ》れ出ていた。

彼は「遊呑み」のサークル代表を務める三年生で、苗字《みようじ》は「星水《ほしみず》」だと言っていた気がする。自己紹介の時は上の空になっていたから、下の名前は記憶に残っていない。

去年のミスターコンで四位になった事を自慢げに話していたのはよく覚えているけれど、結果を鼻にかけているのがどうにも気に入らなかった。

この「遊呑み」は、年に数回の頻度で活動しているアウトドアサークルらしい。

長期休暇では一週間ほどの合宿を行っていて、それ以外の期間は毎週のように少人数での飲み会を自主参加制で開催している。

入学してすぐのタイミングで星水から直々に勧誘を受けたのがきっかけで、サークルの存在自体はかなり前から知っていた。

星水以外のメンバーから声をかけられる事も幾度となくあり、そのあまりのしつこさに嫌悪感を抱いた私は、全ての誘いを無視し続けてきた。

だというのに、今日の私は自らの意思で、飲み会に顔を出している。

私の飲み会参加は、星水からすれば長い間待ち望んでいた事だったのだろう。

「琴坂さん……ってか、静音《しずね》って呼んでもいい？」

星水は私に、グイッと顔を寄せる。

「……何で？」

「わざわざサークルの飲みにまで来てくれたわけだし、折角《せっかく》なら仲良くなりたいじゃん？苗字に『さん』付けで呼んでると、いつまで経《た》っても距離が縮まらなそうな感じするしさ。勿論《もちろん》、俺の事も『先輩』呼びじゃなくて、呼び捨てで構わないよっ！」

「じゃあ、星水」

「まさかの苗字呼び捨て!?」

どうやらボケだと思われてしまったらしく、男性陣の笑い声で個室内がドッと盛り上がる。女子二人組もその場では笑っていたが、瞳は黒く濁っていた。

星水は笑いながら「普通に下の名前で呼び捨てしてよー」と言葉を続け、馴《な》れ馴れしく自然な流れで背中を撫《な》でてくる。その行為に一瞬、背筋がゾワリと凍った。

「あれ？　静音ってもしかして、くすぐりとか弱いタイプ？」

彼の問いかけにそっぽを向くと、取り巻き達は「クールで可愛いーっ」「結構恥ずかしがり屋なの？」なんて的外れな反応を見せてきた。

些細《ささい》なボディタッチならパパ活で多少は慣れていたはずなのに、どうにも耐性が薄れている。ほんの少しの接触にすら、抵抗を感じてしまった。

それと同時に、星水が口にした「静音」というたったの三音が、耳の奥にまでねっとりと粘液のように纏《まと》わり付く。

私を下の名前で呼び捨てにする人は、父と晋助《しんすけ》以外に今はいない。

好きな人以外……本当は晋助以外から、そんな風に呼ばれたくはなかった。

気持ち悪い。透けて見える下心が、胸焼けするくらい気持ち悪い。

晋助の優しさに触れていたせいで、この人達の思惑がひどく醜いものに感じる。

見せかけの優しさも、女慣れした距離の詰め方も、喋《しゃべ》り方も、全ての言動を晋助と比較してしまう。

興味もない男から向けられる下心なんて、不快でしかない。ちやほやともて囃《はや》されたところで、必要とされている実感なんて一つとして得られない。

彼らが唯一必要としているものは、私の体だけ。

どこまでも虚《むな》しくて、死にたくなる。

すぐにでもこの空間から抜け出して、晋助の住むマンションへと戻りたい。

でも今の私には、晋助に甘える資格なんてどこにもない。

晋助に迷惑をかけたくない一心で、彼を避けた。マンションにもバイト先にも出向かず、連絡にも反応しなかった。

こんな私を気にかけてくれる事は嬉しかったし、考え直そうとも思えた。

けど、晋助にそんな心配をかけている時点で、私はすでに迷惑な存在になっている。

だからもう、引き返せない。──これ以上、迷惑をかけられない。

溢れ出る嫌悪感を無理矢理《むりやり》引っ込めて、パパ活をしていた頃の感覚を思い出そうと、できるだけ自然な愛想笑いを作ろうと心がけた。

私がこの飲み会に参加したのは、元に戻るため。

晋助と出会う前の生活を、体に馴染《なじ》ませるため。

他の男と関わって、晋助を忘れる。──取り返しがつかないようにして、あえて罪悪感を自分に埋め込んで、彼のもとに戻れないようにしてしまう。

いっそ誰かに体を差し出した方が、ラクになれるのかもしれない。

もう一度道を踏み外せば、きっと二度と這《は》い上がってはこられない。後は沼で溺れるみたく、深い場所に段々と引き込まれていくだけ。

嫌だけど、初めては好きな人がいいけれど、少しずつ慣らしながら溺れていけば、私の晋助に頼ろうとする気持ちは、いつか完璧になくなると思う。

私はグラスを手に取って中身を揺らし、ゴクゴクと喉に流し込んだ。

「おっ、もしやお酒強い系⁉」

「……普通」

店で提供されるカシオレは元々度数が低いし、これぐらいでは全く酔えない。

酔って正常な判断ができなくなれば、星水達に対しての嫌悪感も受け入れてしまえるかもしれないと、私は考えていた。

「次、おかわりは？」

星水は注文用のタブレットを手に取り、メニュー画面を私に見せる。

「……スト缶、ないの？」

「居酒屋まで来てスト缶て！　その感じ、だいぶ強いんじゃない？」

画面をスワイプして、星水は酒類メニューを一通り確認した。

「うーん。さすがにスト缶は見当たらないなぁー。度数高いのが飲みたいんだったら、ワインか日本酒……それかウイスキーとかでもいいんじゃない？」

差し出されたタブレットを手で拒み、私は「一番度数が高いの」と星水に伝える。

私が早く酔う方が、彼らからしても都合が良いのだろう。人の気も知らず、取り巻き達は勝手に盛り上がった。

「いやぁ……にしても、今日は静音が来てくれて本当によかったよ」

注文を送信した星水はハイボールに口を付け、しみじみと話し出す。

「……どうして？」

「だってねぇ……ほら。静音って、学内だと相当な有名人じゃん？　君みたいな可愛い子が来てくれると、うちのサークルも参加希望者が増えるだろうからね」

「広告塔にでもするつもり？」

「確かに、そう聞こえちゃうか！　そんなつもりは全然ないけど、やっぱり人気のある女の子が参加する飲み会ってなると、必然的にね」

「私が参加したところで、参加者は増えない。私なんかより可愛くて人気のある女の子は、たくさんいる。地雷女に好き好んで近付く奴《やつ》なんて、いるわけもないし」

「そんな事ないだろー。現に静音は、男子からの評判も良いんだしさ」

評判というより、注目を集めやすいだけだ。

誰とも関わっていないのに評判が良いなんて、おかしな話である。本当にそうであったとしても、所詮それは表面上での評価であって内面は関係ない。

好きな服、好きなメイク、好きな髪色、好きなアイテム――私にとっての「可愛い」を褒めてもらえるのは嬉しいけれど、内面も含めた私を見たら、見た目をいくら可愛く仕立

てたところで、評価はマイナスにしかならない。

「なぁ、星水。ちょっといいか？」

星水の言葉を黙って聞き流していると、男性陣の一人が彼に声をかけた。

「何だよ、今静音と楽しく話してるのにさ」

楽しく話してなんかない。

馴れ馴れしい上に話している最中の顔はかなり近く、太ももには何度も故意に触れてくるしで、ただただ不愉快で仕方がなかった。

「ったくよぉ。お前は気に入った子をすぐ独占しようとするよな」

「人聞き悪くない!?……で？　用件は何よ、用件は？」

「今日ってさ、マジであの人来んの？　すっげー遅いけど、連絡は？」

「ああ、その件な。ちょっと用事があるみたいで、遅れるらしいわ。まぁ、本人が言ってきたんだからじきに来るよ。気長に待ってろって」

「……あの人って、他にも参加者がいるの？」

話に区切りがついたのを見計らい、私は星水に尋ねてみる。

「あ、そうか。静音も遅れて来たから、伝えられてなかったか」

私は大学周辺の土地勘があまりなく、待ち合わせ場所でもあったこの居酒屋には遅れて到着した。どうやら私が合流するまでの間に、そういう話題が出ていたらしい。

「今日はもう一人、女の子が来る予定になっててさ。それも、学内じゃほとんどの人が知ってるレベルの有名人でね。多分、静音も名前くらいは聞いた事があると思うよ」

「……へぇ」

顔には出さないものの、私は内心うんざりした。

今でさえ居心地が良くないのに、しばらくしたらさらに人数が増えるのか……。

「もしかして、あんま興味ない？　でも、それもそっか。静音は女の子なわけだし、折角追加で人が来るんなら、イケてる男の方がいいよな！」

男でも女でも、誰が飲み会に加わろうが別に興味はない。人付き合いが希薄な私からしたら誰であってもどうせ知らない人だから、大して構える必要もなかった。

「女の子……か」

しかし、私はほんの少し、本当に少しだけ、寂しくも感じていた。

ありもしない未来を、私は頭の中に思い描いてしまう。

こんな私の行動を、引き止めてほしい。

こんな場所にいる私を、追いかけてきてほしい。

飲み会に参加している事すら晋助は知らないというのに、こんな淡い期待を込めた妄想をしてしまうなんて、本当に馬鹿げている。

私はどれだけ、彼に依存してしまっているのだろうか。

想像していた以上に、彼の優しさは私の中に染み込んでいるようだった。

――コンコン。


唐突に扉がノックされ、反射的に体が動く。

数秒間の現実逃避から、私はようやく目を覚ました。

「失礼してもよろしいですか？」

扉の向こうにいる人物が、私達に問いかける。

その声が耳に入った時――私の胸は、一瞬にして騒《ざわ》めき始めた。

「おっ！　ついに九条《くじょう》の到着か!?」

「んなわけあるか！　明らかに男の声だし、店員だろ！」

「さっき注文した追加の酒じゃね？」

「お前ら、ちょっと静かにしてろ。……店員さん、どーぞー」

騒々しい取り巻き達を黙らせて、星水は外の人物に入室するよう促した。

どこか聞き覚えのある落ち着いた声を思い返し、私の鼓動は徐々に早まる。

普通に考えてありえないし、どうせ間違いなく聞き違い。なのに、私の中に浮かんできた予感の真偽が、どうしても気になってしまう。

……ちょっと待って？　今確か、男性陣の誰かが「九条」って――――

「……？　お前、店員じゃない……よな？」

星水は扉の奥にいた人物と顔を合わし、戸惑いの声を漏らした。

勿論、星水だけではない。この場にいた誰しもが、店員でなければ面識すらもない一人の男の登場に、呆気《あっけ》に取られていた。――唯一、私を除いて。

当の私も、口をパクパクと動かす事しかできていない。

上手《うま》く言葉が出ず、頭すらまともに回らない。

ただそれでも、私は感情任せに、途切れ途切れとなりながら、

「……しん……すけ……っ」

彼の名前を、掠《かす》れた声で口にした。

私の妄想が、ありえないはずだった淡い期待が、たった今――現実に変わった。

突如として目の前に現れた愛垣《あいがき》晋助は、私の姿を確認すると安堵《あんど》したようにホッと息を吐いて、参加者一人一人に目を向けた。

「……どうも。九条千登世《ちとせ》です」

そして、明らかな偽名を堂々と名乗る。

「九条千登世って……お前、ふざけてるのか？」

さっきまでの優しげな雰囲気とは打って変わり、星水は物凄《ものすご》い剣幕でその場から立ち上

がると、晋助との距離を一気に詰めた。

晋助は怯《ひる》む素振りを一つも見せず、迫ってきた星水と相対する。

「お前、名前は？　城下大の奴だよな？」

「東京城下大学の二年、愛垣晋助。……三年の星水先輩で合ってるか？」

「そうだけど」

改めて本名を名乗り、晋助は目の前にやって来た相手が星水か否かを確認する。星水は晋助の問いに素直に答えてはいるものの、その声からは怒気が溢《あふ》れ出ていた。

「お前、九条とどういう繋《つな》がりだ？」

「千登世は、ただの幼《おさな》馴染《なじみ》だ」

「幼馴染……ああ、なるほどな。思い出したよ、九条とやたら仲の良い二年がいるって話。それって愛垣……お前の事だったのか」

晋助が何者であるのかを理解した星水は、怒りの感情を少しずつ取り除いていき、平静さを取り戻した。

どうやら晋助は、九条先輩の幼馴染として名が通っているらしい。

九条先輩は大学内でかなりの人気があるようで、彼女の幼馴染という立場にある晋助には、星水も強くは出られないようだった。

「飲み会参加の連絡は、確かに九条本人から来ていた。それなのに、九条千登世でもなければサークルとも無関係のお前が、どうしてここに？」

「あいつには協力してもらっただけだ。……何てったって、僕の『友達』のアカウントから送ったメッセージが、無視されちゃったもんだからさ」

「……身に覚えがないな」

「しらばっくれるなら、別にそれでも構わないよ。星水先輩のサークル方針なんて、僕は興味ないし。……それに、ひとまずの目的は達成できたからさ」

数日前まで間近で見ていた、イラストを描いている時と同じ彼の横顔。ペンを手に握ってる時と同じ真剣な眼差《まなざ》しを、晋助は私に注いでいた。

「お前の言う目的ってのは、一体何だよ。他人が主催したサークル活動を滅茶苦茶《めちゃくちゃ》にするだけの理由があるのか？」

「それに関しては、本当に申し訳ない。……この通りだ」

再び星水と向かい合った晋助は、躊躇《ためら》いもせず頭を下げた。

「……一旦の目的は、この飲み会に参加する事だった」

謝罪をしながら、晋助はゆっくりと語り出す。

「これは僕の勝手な行為だし、千登世から名前まで借りて星水先輩達を騙《だま》したのは悪かったと思ってる。簡単には許してもらえないのも、重々承知だ。——けどな」

晋助はギロリと星水を睨《にら》んで、顔を上げる。

そのまま星水の胸ぐらを右手で摑《つか》んで、自身にグッと引き寄せた。

「お前のやり口を、僕も簡単に許すつもりはねぇぞ」

「い、いきなり何しやがるん――ッ!?」

言いかけた時、星水は大きく取り乱した。

晋助は突然、星水のシャツのポケットの中に左手を突っ込んだのだ。

星水は両手で晋助の右手をほどこうとしていたせいで、対処が数秒遅れた。

「クソが……離せッ！」

強引に右手を振りほどかれた晋助は、後ろによろける。しかし、彼の手には星水のポケットから抜き取った「何か」が、しっかりと握られていた。

「……聞いた通りだな」

掌《てのひら》を広げ、晋助は星水の所持品に視線を落とす。

ポケットから出てきたのは、二錠のカプセルが入った小物袋。

晋助は小物袋のジッパーを開け、中身を一つ取り出した。

「星水先輩はこれを、どういうつもりで持ち歩いてるんだ？」

「……どういうつもりって、そんなの一つしかないだろ？　俺が飲むためだよ、体調が優れない時にね。最近、急に熱っぽくなる事が多くってさ」

「この期に及んで隠し通すのは、さすがに無理があるだろ」

カプセルを小物袋の中に戻しながら、晋助は私以外の参加者の様子を窺《うかが》う。

晋助に次いで私も一人一人に視線を向けていくと、その場にいる全員の表情がひどく歪《ゆが》んでいる事に気が付いた。

「見たところ、静音以外は全員知ってるみたいだな」

「……晋助。私以外は知ってるって、一体何を……？」

私は疑問に思い、晋助に恐る恐る訊《き》いてみる。

「このパケの中に入ってたのは、『スピリタス』っていう度数が九十六度もある銘柄の酒で作られた、俗に言う『スピリタスカプセル』だ」

スピリタスカプセル――その俗称は、ネット上で何度か目にしていた。

市販はされていないものの安価で簡単に作れてしまうがゆえ、他者を泥酔させる事を目的に悪用されやすく、それに絡んだ事件が度々世間を騒がせていたのを思い出す。

「いやぁ……それにしても、まさかミスターコン四位の星水先輩が、犯罪行為に手を染めてるなんてなぁ」

「……犯罪？　スピリタスカプセルなんて今日初めて知ったけど、仮にもそのカプセルが君の言う物だったとして、それを持っているだけで犯罪とは随分大袈裟《おおげさ》だな」

「持ってるだけなら、確かに問題ねぇよ。ただ、これまではどうだ？」

怒気のこもった声で、星水を問い詰める。

「飲み会に来た女子の酒にカプセルを仕込んで、無理矢理《むりやり》酔わせて集団レイプ。その時の動画を撮影して、被害者が逆らえないよう脅迫した挙げ句、次の参加者を狙うための駒として利用する。……今いる二人も、静音を油断させるために呼んだ被害者だろ？」

「……テメェ、それを誰から……ッ！」

「お前らがずっと狙ってた、僕の幼馴染からだよ。まぁ、あいつも被害者から直接聞いたわけじゃないらしいけどさ。……でも、どうやら全部本当みたいだな」

晋助が話している最中、参加者の女子二人は俯《うつむ》きながら静かに啜《すす》り泣いた。

星水は二人の様子を見て、隠し通すのはもう不可能だと悟ったのだろう。顔を真っ赤にして、肩を震わせながら晋助に逆上する。

「……なるほどな。それでお前は、その真相を確かめようとお節介にも飲み会に乗り込んできたのか！　ったく、正義感振りかざした物好きもいるもんだなァ！」

「勘違いするな。ここに来た一番の目的は、お前らの罪を確かめるためじゃねぇよ」

「だったら、それ以外に何があるってんだよ⁉　お前は何を理由にして、わざわざ飲み会に乱入なんて――」

「――一緒に帰るためだ」

星水の言葉を遮って、晋助はボソリと答える。

それから大きく息を吸い、参加者全員に聞こえるように、

「琴坂静音を、部屋に連れて帰るためだよ……ッ！」

晋助は改めて、力強く声を張った。

いつまでも依存していたくなるような温かい感覚に、私は包み込まれる。

流さないようにと溜《た》め込んでいた涙が、大粒になって頬《ほお》を伝った。

「お前と静音って、もしかして付き合ってんの？　それとも元カップル？　痴話喧嘩《げんか》をこんな場所にまで持ち込んで、ふざけんじゃねぇよ！」

「逆ギレしてるところ悪いけど、静音は元でも現でも恋人なんかじゃなくて、ただの友達だ。……いや、思い返せば結局、通い妻みたいなものだったのかもな」

何かを思い出したらしく、晋助はほんの少しだけ口元を緩めた。

「あんたらの犯した事を許せないけど、僕は大学側に報告するつもりも、ましてや警察に通報するつもりも端《はな》からない。後の事は被害者次第だ。……どう転んだとしても、逆恨みしたり、また同じような事を仕出かすようなら、今度こそタダじゃおかないけどな」

晋助は女子二人を視界の隅に映しながら、星水達に釘《くぎ》を刺す。

「んで……僕がここに来てするべき事は、全部済んだわけなんだけど」

彼の視線が、私に向いた。

「静音を連れ戻したくてここまで来たけど、それはあくまで僕のワガママだ。静音の意思を無視したくはないし、お前が拒むなら大人しく諦める」

覚悟を決めたように、晋助は私に言う。

「だから、ここから先は静音が決めてくれ。これからどうするか、これからどうしたいのかを……今、この場所で」

そして最後の決定権は、私に委ねられた。

目線を上げて晋助の顔を覗《のぞ》くと、彼は私に手を差し伸べる。

その手を掴《つか》むのには、並々ならない勇気がいる。

晋助の隣にいられる自信が、今の私には少しもない。

今更話し合いたいなんて、あまりにも虫がよすぎる。

けど、晋助はそれらを全て受け止めた上で、私にわざわざ会いに来てくれた。

自暴自棄になった私が悪い方向へと進まないよう、彼は導こうとしてくれている。

「晋助……ごめんなさい」

全員の視線が、私へと一斉に注がれた。

これ以上は、もう逃げたくない。

座席から立ち上がった私は、彼の胸へと飛び込んだ。

「……無事でよかった」

私の頭をそっと撫《な》で、晋助は安堵《あんど》の声を漏らす。

やはり彼の優しさは、この世の何よりも心地よかった。

☆

静音と共に居酒屋を出ると、空は色濃い紺色に染まっていた。

商店街からマンションまでは自転車だと数分で移動できる距離にあるものの、生憎《あいにく》乗っては帰れない。

飲み会の予定を入れていたから、今日の静音は端から電車で通学してきたらしい。仮に自転車で通学していたにせよ、夕方から夜にかけての商店街は仕事や学校帰りの人々で賑《にぎ》わっていて、以前のような二人乗りは危なっかしくて到底できないのだが。

街灯と店灯《あか》りで彩られた商店街を、僕と静音は隣り合って歩いていく。

しかし、僕達の距離感は以前よりも遠く、それに伴って若干の気まずい雰囲気も立ち込めて、しばらくはお互いに言葉を交わせないままでいた。

商店街を抜けてまっすぐ進んでいくと、マンションの灯りが遠目に見えてくる。すると静音は前へ前へと歩く中で、徐々に僕との距離を詰めてきた。

「……どうして、私が飲み会に参加してるって分かったの？」

まるで探りを入れるかのように、ゆっくりとした口調で静音は訊いてくる。

「静音のパパ活アカを浩文《ひろふみ》がフォローしてて、そこから知った」

「なんだか、ストーカーみたい」

「それは、浩文がか？」

「どっちも。強いて言うなら、晋助」

「……否定できないな」

　ＳＮＳから静音の動向を探り、実際にその場所へと連絡もなしに向かってしまうなんて、一歩間違えれば……いや、間違えも何も、ストーカー行為と大差ない。

「悪い。……僕も必死だったんだ。だからって許されるような行為じゃないけど」

「別に気にしてない。……それに晋助は、私の気持ちを理解した上で行動してくれたんでしょ？　だったら……私は嬉《うれ》しい」

「……そっか」

「晋助以外なら、通報案件だけど」

　いたずらっぽく笑う静音に、僕は心から安心した。

　自暴自棄となった彼女が仮にも誰かと一線を越えるような結果になっていたなら、こうして二人で過ごす事は二度となかったはずだ。確証はないが、直感がそう告げている。

「ねぇ、晋助。今日の一件には、九条先輩も絡んでいたの？」

「ああ、協力を仰いでな。最初は浩文のアカウントから連絡を取って飲み会に参加しようとしたんだけど、星水に無視されて……。だから代わりに、前々から飲みに誘われていた千登世に頼み込んで、飲み会参加の連絡を入れてもらったんだ」

「それで、飲み会の場所が分かったんだ」

千登世には感謝だが、ファインプレーだったのは浩文だ。単なるパチンカスの女好き脳筋かと思っていたが、今日のあいつはかなり冴《さ》えていた。

浩文の妙案がなければ、数ある飲み屋を一軒一軒しらみ潰しに探していく事となっていたし、ここまで順調に静音を連れ戻せはしなかっただろう。

会話をしていくと気まずさは徐々に緩和され、今まで通りとはいかないまでも、マンションへと到着する頃には、僕達の間にあった空気の重さは何とか解消できていた。

エレベーターに乗って二階へと移動し、部屋を目指して通路を進んでいく。

「……数日来てなかっただけなのに、懐かしい」

部屋の中に静音を招き入れると、彼女はリビングへと足早に向かい、初めてここに来た日のようにリビング全体を隅々まで見渡して、言葉を溢《こぼ》した。

「そうだな。本当に懐かしい」

元々は自分一人で暮らしていた部屋のはずなのに、静音のいない夜の部屋はどこか物足りなく、心が十分に休まらない空間となっていた。

今彼女を部屋に上げた事で欠けていた部分が埋まり、ようやく部屋本来の景色が完成したように感じる。

静音に続いてリビングに入ると、見えない重荷が下ろされたかのように、疲れがどっと全身に表れた。

僕はベッドの上に座り、手を後ろについて脱力する。

「私も、座っていい？」

「好きに過ごせよ。自分の家だと思ってさ」

静音は頷《うなず》くと、僕のすぐ隣に腰を下ろした。

静かなリビングで、壁掛け時計の秒針のみが音を鳴らす。

無言ではあるものの居心地の悪さは全くなく、むしろ静音が隣にいる事によって僕の心は落ち着きを見せていた。

ただただゆっくりと過ぎる時間は、何よりも有意義で贅沢《ぜいたく》なものに思える。

「静音はどうして、あんな飲み会に参加したんだ？」

時計の進みを眺めていた僕は、ふと静音に質問を投げかけた。

「……晋助を忘れるため、って言ったら……重い？」

絡ませ合った両手の指先に視線を落とし、静音は恐る恐る僕に言う。

彼女らしい回答につい笑みが溢れ、僕は「少しだけな」と一言だけ返した。

「私は……晋助に迷惑をかけたくないって、一人で考え込んで、病んで、晋助の話も冷静に聞けないくらいになって……暴走した」

静音自身、今は情緒が比較的安定しているのだろう。吐いた言葉に補足をするように、彼女は僕に心情を打ち明け始めた。

「晋助は私を心から心配してくれた人で、こんな私を受け入れてくれた人で……君の役に立ちたい、必要とされたいって……心から思ってた。……けど、晋助の嫌いな特徴を私が持っているって、メンヘラが嫌いだって話を聞いて……不安になって……」

段々と、静音の声が震え出す。

「私みたいな地雷女と……リストカットの痕があるような奴《やつ》なんかと、メンヘラなんかと本当は関わりたくないだろうな、必要ないんだろうなって……っ！　それで──」

生きる意味を見出《みいだ》せなくなった──と、彼女は語った。

僕の優しさが嘘《うそ》のように感じて、辛《つら》くなっていったのだと。

「その結果、飲み会への参加を決意した……って事か」

「あれだけ幸せな日々を送っていたから、元々の生活に戻るのは……怖くてできなかった。だから……好きでもない男に抱かれでもすれば、晋助の優しさを塗り替えられるかも、って……。晋助に合わせる顔がなくなって、これ以上は依存もしないで済むかも……って」

自分でした選択を、静音はひどく後悔しているようだった。

途切れ途切れに吐き出される言葉からは、彼女の心情がヒシヒシと伝わってくる。

「僕が地雷系やリスカ痕のある人が苦手で、メンヘラ女子との関わりを今まで避けて過ごしてきた……って話は、どこから知ったんだ？」

「……九条先輩。九条先輩から……マンションを出て、二人になった時に」

「千登世……あいつか……」

バイト終わり、静音と千登世が揃《そろ》ってマンションにやって来た日。

僕と別れた後にそんな会話があっただなんて、今まで知りもしなかった。

二人の相性が良くないのは気付いていたが、千登世は誰とでも分け隔てなく関われる性格だから、静音と二人きりにしてもさして問題はないだろうと考えていた。

普段の千登世であれば、こんな行動は絶対にしない。

しかし、行動を起こしたそもそもの理由を考えてみれば、彼女の思惑は明白で、妙に納得のできるものだった。

千登世は僕の過去を――恋愛自体すらも避けてしまうほどの大きなトラウマを、経験してきた苦労と苦悩を全て近くから見て、相談に乗ってくれていた。

彼女は僕を、本当の弟のようにいつも気にかけてくれている。

僕を想《おも》っての行動であれば、何も不思議ではない。

千登世は僕を守るためであれば、平気で自ら悪役を演じてしまうだろう。

「千登世の発言は気にしないでくれ……って言っても、難しいよな」

表面だけ掬《すく》い取って話しても、きっと静音は受け入れてくれない。

本心として受け取ってもらうには、しっかりと伝える以外に方法はなさそうだ。

僕自身の口から、全てを包み隠さずに。

「聞いてくれ。今の僕は静音に対して『関わりたくない』だなんて、微塵《みじん》も思っていない。むしろお前は、僕にとって必要不可欠な存在なんだ」

ゆっくりと、僕は本心を静音に語り出した。

「僕には今まで三人の恋人ができた事があって、もれなく全員と酷《ひど》い別れ方をした……って話は、千登世から聞いてるか？」

「詳しい事情は聞いてないけど、その今までに付き合って別れた人達は共通して地雷系の服を着ていて、リストカットの痕があって、メンヘラだった……そうだよね？」

「ああ。……それがきっかけで、僕はメンヘラ女子がトラウマになってた」

千登世が静音に伝えた通りで、間違いない。

その二つの特徴を持つ静音は、本来なら僕が避けるべき対象だった。

「本当は外見だけで判断はできないけど、過去の経験からの先入観で、僕は地雷系の見た目をしている人と、リストカットの痕がある人を、避けるようになった。『この人もメンヘラなんじゃないか』……って。……だから静音の事も、最初は苦手だったよ」

僕は「案の定、静音もメンヘラだったけどな」と笑ってみせた。

「……でも、だったらどうして？　どうして、私を部屋に上げてくれたの？」

「静音は『救えなかった元カノ』に……中一の時に初めてできた恋人に、どこか似ていたんだ。静音には悪いけど、僕は二人を重ねて……どうしても放っておけないと思った。無意識に……本当に自分勝手な理由で、静音を『助けさせてほしい』って感じていた」

トラウマの陰には、後悔の気持ちがいつも隠れ続けていた。

時間を遡れるのなら、もう一度やり直したかったのだ。

「だから僕は、関わるべきじゃないと思っていた相手を……メンヘラ女子の静音を、受け入れられていたんだと思う。……静音が、僕を必要としてくれていたから」

僕はずっと心のどこかで、潜在的に求めていたらしい。

かつての恋人のように、心の底から「僕を必要としてくれる存在」を――

「僕に必要とされる事を、静音は望んでくれていた。それと同じで、僕も静音に必要とされる事を、求めるようになっていた。……静音に、依存していたんだ」

必要とされたいと願っていた僕と静音は、半同棲《どうせい》とも言えるような生活をしていく中で、自然と「共依存」の関係となっていたのだろう。

「依存……？　晋助が、私なんかに……？」

にわかには信じがたそうに、静音は目を見開いた。

「でも、それでも、メンヘラ女子がトラウマなのに、変わりはないでしょ……？　私はその、メンヘラ女子なんだよ？　それなのに、私に依存しているって……そんなの……」

ありえない——と、静音は言いたげだった。

静音の立場に立って考えれば、確かにその通りだ。

だが僕は、今更になってようやく気が付いた。

認識自体を、そもそも間違えていたのだと。

「数年間、僕はメンヘラ女子を避け続けていた。けど、実際は少し違った。……同じ失敗を繰り返すのを恐れて、関わりを持たないようにしているだけだったんだよ」

トラウマの正体は、メンヘラ女子との関わりから生じた失敗の数々。

中途半端に人の心に踏み入り、お節介を焼き、そのくせして最後まで寄り添い切れなかった不甲斐《ふがい》なさを——僕は何年もの間、受け止め切れずにいたのだ。

僕はベッドから腰を上げて、作業用デスクへと移動する。スケッチブックを手に取ってベッドの前に戻り、静音にそれを手渡した。

彼女はスケッチブックを前から順にペラペラとめくり始める。そして、ある一枚のイラストが目の前に現れた時、ふと手を止めた。

「これって……私？」

琴坂静音をモデルとした、一枚のイラスト。

地雷系ファッションに身を包んだ彼女の姿が、そこにはあった。

「メンヘラが……静音の事が嫌いなら、お前をモデルにしたイラストなんて、自分から描くはずがないだろ？」

　静音はスケッチブックに描かれた自身の姿を眺め、紙の上に涙を落とさないようにと目元を押さえた。

「晋助は、本当に優しいね」

　スケッチブックをぎゅっと胸に抱き、彼女は言う。

「静音が思うほど、僕は優しくないよ。結局全部、自分のためだ」

　部屋に上げたのも、飲み会の席に乱入して連れ帰ったのも、元を辿《たど》れば「依存先」である静音を手放したくないというワガママからだった。

　静音を救いたいという気持ちに嘘はなかったが、その想いの陰にはいつだって、人助けとは程遠い不純な動機が付いて回っていた。

「そもそも、元カノと他の誰かを重ねるなんて……最低だよな」

　僕はベッドに腰を下ろし、引きつった笑みを静音に向ける。

　しかし、彼女は僕の過ちを否定しなかった。

「晋助を最低だなんて、私は思わない。晋助が私を必要としてくれたのは……受け入れてくれたのは、紛れもない事実だから」

　静音は僕の顔を覗《のぞ》き込みながら、安心したように笑みを溢した。

「君に依存する私にもワケがあったように、晋助にも……私に依存してくれた君にも、ワケがあったんだね」

僕と静音には、互いに別々の依存するワケがある。

だからこそ依存はより強くなり、なかなか切れないものとなる。

それが良い事なのかどうかは分からない——が、今はこれが、この「共依存」の関係こそが、僕達にとって最適な形だったのだろうと、思わざるを得なかった。

「僕の部屋に初めて上がった日にした話、静音は覚えてるか？」

「なんとなくだけど、覚えてる」

「だったら、静音が僕に提案してきた契約も記憶にまだ残ってるよな」

静音は「うん」と小さく頷いた。

「『にゃんにゃん契約』……だったよね」

「違う。『通い妻契約』だ」

冗談かと一瞬勘違いしたが、本人は大真面目だったらしく「あ、そっちか」と小さく声を漏らした。

「その契約が、どうかしたの？」

「……僕と、契約を結んでほしい」

僕の発言に、静音は困惑する。

「どうして、いきなり……？　一度は断った条件なのに……」

「提案を受けた時と今とでは、状況も違うだろ」

通い妻契約——料理、洗濯、掃除、それ以外の雑用も含めた家事全般、さらにはイラスト練習の付き合いまでも、まるで妻のように静音が僕の手伝いをしてくれる。その代わりとして、僕からは彼女がいつでも僕の部屋を自由に出入りできる権利を与える。

それは日々の生活に余裕が生まれ、疎《おろそ》かになっていたイラストの練習時間も確保できるようになる、僕にとって好条件の契約内容だった。

しかし、あの日の僕は条件を呑《の》まなかった。

契約は結ばず、慈善活動でもするかのように「たまになら部屋に上げてもいい」と静音を受け入れた。実際は、契約を結んでいるも同然な生活になっていたのだが。

これほど好条件な内容であるにもかかわらず契約を拒んだのは、彼女がメンヘラ女子だったから。関わり合うべきではないと、線引きをしていたから。——だが、今は違う。

「静音はこれからも僕の部屋に通いたいと、今も思っているか？」

「……晋助が嫌じゃないなら」

「それなら、やっぱり『通い妻契約』を結ぶべきだな」

「私は別に構わないけど……そんな契約を改めてしなくても、家事やイラストの練習くらい、いくらでも手伝うよ」

「言っておくけど、見返り目当てに契約するわけじゃないからな」

僕が危惧しているのは、同じ失敗の繰り返し。

今回のように静音が情緒を乱し、普段なら起こさないような行動に走ってしまう可能性は、今後も大いにありえる。

「ただ、契約内容に条件を追加してもらいたい」

静音が自暴自棄になるのを未然に防ぐためにも、僕は彼女と契約を交わしたかった。

曖昧にせず、しっかりと言葉にしておきたかったのだ。

「条件……って？」

「別に、大した条件じゃないよ」

僕は静音の顔の高さで拳を握り、一つ伝える度に指を一本ずつ立てていく。

「一つは、パパ活をしない」

実家を出るためだとしても、金銭目的に危険な行為をしない事。

「もう一つは、自傷行為をしない」

これ以上、自分の体を傷付けないようにする事。

「ここまでは守れそうか？」

「うん。守る」

「それじゃあ、最後の条件だ」

静音とまっすぐに視線を合わせ、僕は彼女に告げる。

「何かあったら……僕を頼れ」

今の静音と日々を過ごす上で、最も大切な条件。

「これから心が病んだ時、今回みたいに悩みを抱え込んだ時……将来の事でも、お金の事でも、何だっていい。一人で何とかしようとせずに、まずは僕を頼ってくれ」

メンヘラという気質は、そう簡単に抑えられるものではない。

僕は精神科医でもなければ、カウンセラーでもない。どこにでもいる一般的な大学生の一人に過ぎず、専門的な知識や技能も持ち合わせてはいない。

僕に唯一できるのは、静音の話を聞いて寄り添う事のみ。

だけど、それはきっと無駄な事ではないと、僕は信じたい。

「静音が自立できるまで……『もう大丈夫』って胸を張れるようになるまで、僕はお前を支え続ける。不安も、悩みも、失敗も、抱えている問題は全部、僕も一緒に抱えてやる」

だから——と、僕は三本の指を下ろして、代わりに小指を立てた。

「僕が静音を必要とするように、静音も僕を必要としてくれ」

差し出された小指を前に、静音は瞳を潤ませた。

彼女も小指を僕に差し出して、指を絡ませる。

「不束者《ふつつかもの》だけど……よろしくね、晋助」

頬《ほお》を真っ赤に染めて、静音はほろりと涙を流した。

上目遣いではにかんだ表情に、僕は思わず見惚《みと》れてしまう。

彼女は心底嬉《うれ》しそうに、「にへへ……」と笑みを溢《こぼ》した。

☆

『明日、時間作れるか？』

静音と「通い妻契約」を結んだ日、僕はある人物にスマホからメッセージを送り、無事に約束を取り付けた。

翌日の昼休み。僕は学生食堂近くの空き教室にて、待ち合わせ相手が姿を現わすのを座席に腰掛けてしばらく待った。

「あれ？　随分と早いんだね」

約束した時間の五分前、ギギギ……と鈍い音を立てて教室の扉がゆっくりと開き、その隙間から彼女はひょっこりと覗き込むように顔を出した。

「もしかして、結構待った？」

「いや、そんなには。そこから様子を窺《うかが》ってないで、早く入ってこいよ」

彼女は「はいはーい」と適当に返事して、教室へと入る。

キャップによって覆われた黒髪に、青緑のインナーカラー。ゆるく着こなした大きめのパーカーと、それによりほとんど隠れているショートパンツ。

「晋ちゃんからアタシを呼び出すなんて、珍しいね」

入室するなり僕の座る座席へと足を進め、長机を隔てて向かい合うと、彼女は前列の座席に跨《また》がるようにして腰を下ろした。

「それで、今日はどうしたの？『お二人』揃《そろ》ってなんて……まさかこれから、結婚の挨拶でも始まっちゃうのかな？」

僕の幼馴染《おさななじみ》であり、先輩であり、バイト先の同僚――九条千登世。

千登世は僕、そして隣に座る人物の顔を順に見つめ、冗談っぽく微笑《ほほえ》んだ。

「……」

隣にいるのは、地雷系ファッションに身を包んだメンヘラ女子――琴坂静音。

彼女は千登世の言葉に顔を俯《うつむ》かせ、拳をキュッと強く握った。

まだ何も喋《しゃべ》ろうとしない静音に代わって、僕は千登世と改めて言葉を交わす。

「そのまさかだよ、実質さ」

千登世は僕の言葉に一瞬だけ驚きの表情を見せたが、すぐに平静を取り戻した。

「前にコンビニで話してた『通い妻契約』を、静ちゃんと結んだの？」

僕と静音の関係の変化を察したらしく、彼女は確認するように僕に尋ねる。

「昨日、飲み会から連れ出した後にな。だから千登世には、直接伝えておきたかった」

どこか寂しそうに、それでいて現実を嚙《か》みしめるようにして、千登世は「そっか」と一言呟《つぶや》いた。

飲み会に参加した静音を連れ戻そうとした時、彼女は僕に助け舟を出してくれた。

しかし、手を貸してくれたとはいえ、千登世は僕と静音の関係を——僕がメンヘラ女子と関わりを持つ事を、決して良くは思っていない。

僕の過去を全て知り、一番近くでずっと見守ってくれていたからこそ、千登世は静音の存在を受け入れられないでいる。

「晋ちゃんは、もう聞いた？　私が静ちゃんに告げ口した内容を」

「ああ。大体は聞いたつもりだ」

「やっぱり、バレちゃってたか。……失望した？」

「失望はしてない。やりすぎではあるけど、千登世が僕のためを想《おも》って静音に話したってのは、よく分かってるつもりだから」

「てっきり、もっと怒られると思ってたよ。……優しいね、晋ちゃんは」

千登世は僕の身を案じ、自ら悪役になってまで辛《つら》い過去を二度と繰り返さないようにと、静音を僕から遠ざけようとしてくれていた。

それを十分に理解している僕には、彼女に失望する事はおろか、強く責め立てる事だって到底できるはずがない。

千登世は瞳を微《かす》かに潤ませ、それを隠すように人差し指で涙を拭う。

「晋ちゃん。……晋ちゃんは、本当にそれでいいの？」

そして千登世は、僕に問答を始める。

僕の瞳をジッと見つめ、本心に探りを入れた。

「静ちゃんは、晋ちゃんが何年間もトラウマを抱いていたメンヘラ女子なんだよ？」

僕から本音を引き出そうと、千登世は問い続ける。

「地雷系の外見で、リストカットの経験もあるんだよ？」

僕の意思を確かめるように、言葉を吐き出す。

「また晋ちゃんは、過去と同じ失敗をしたいの？」

過去を振り返れば、確かに千登世の言う通りだ。

僕はこれまで、散々失敗してきた。

メンヘラ女子と安易に関わり、相手の心を、自分の心さえも傷付けてきた。

「だから……もう失敗しないようにしたいんだ」

そのためにも、今度は絶対に逃げ出さない。

「僕はメンヘラ女子に苦手意識を持って、関わりたくないと思って、徹底的に避けてきた。けど……それ自体が間違いだって、静音と出会ってようやく気が付けた」

僕が本当に避けていたのは、「メンヘラと関わって失敗し続けた過去」だった。

静音は僕に、トラウマを払拭するチャンスをくれたのだ。

「僕は静音が必要としてくれる限り、静音に寄り添い続けたい。もう二度と失敗しないように……後悔しないように、静音を最後まで支えたい」

千登世からの問いかけに、僕は心の内を曝《さら》け出した。

僕と静音の関係は、「共依存」によって成立している。

互いが互いを必要としているからこそ、縋《すが》り合っている。

その均衡がいつ崩れるのか、今はまだ定かではない。

だが、静音が必要としてくれるまでの間は——自己満足でもいいから、彼女のために手を差し伸べ続けたいと、本心からそう思っていた。

「……九条先輩」

僕が千登世に思いの丈をぶつけた、そのすぐ後。

ずっと黙り込んでいた静音が、ボソリと声を発した。

静音は千登世と目を合わせると、席から立ち上がって深々と頭を下げた。

「まずは、しっかりと謝りたい。私は昨日、自暴自棄になったまま飲み会に参加して、晋助に……浩文と九条先輩にも、迷惑をかけた。……ごめんなさい」

そのまま彼女は、言葉を続ける。

「きっと、九条先輩が心配しているのは『こういう部分』なんだと思う。自分が病んでいる理由すら誰にも教えないで、突然連絡を取れなくして、勝手に暴走して……晋助に、色んな人に心配をかけるような行動を、昨日までの私はたくさんしてきた」

頭を上げて、静音は再び千登世と目を合わす。

「私はこれから、晋助が心配をしなくてもいいように行動する。『もう大丈夫』って晋助に言えるように、頑張って生きていく」

静音は内に芽生えた意思を、千登世に堂々と宣言した。

「それは、いずれ『メンヘラを直す』っていう事？」

「そう。……すぐには無理だけど、いつか絶対に直す。だからその時まで、私が成長していく姿を、晋助には近くで見ていてもらいたい」

「静ちゃんの気持ちは、よく分かった。……けど、どうして？　毎日部屋に通って、家事を手伝って、自分の時間を割いて、どうしてそこまで晋ちゃんにこだわるの？」

「晋助が私に、居場所をくれたから。本心から私を心配して、手を差し伸べてくれた晋助に……こんな私を必要としてくれた晋助に、恩返ししたい。……本当に、ただそれだけ」

千登世は何か思いに耽《ふけ》るように、ぼんやりと天井を眺めた。

静音は未《いま》だメンヘラではあるものの、少しずつ変わろうとしている。

そんな彼女は僕に依存をし、僕も彼女に依存をしている。

「……二人が共依存関係を続ける事に、アタシは正直言って反対してる。もしも関係に亀裂が入ったら、二人とも不幸になるから」

千登世は僕と静音の未来を見据えて、冷静に現状を鑑みていた。

今は共依存によって互いが良い方向に進んでいるが、依存が強くなればなるほど、関係が揺らいだ時の反動はより大きくなって僕達に降り注ぐ。

「けど……アタシには本来、二人の関係にとやかく言う権利はない。いくら反対だったとしても、最終的に決めるのは当人同士なんだから」

千登世は僕と静音に顔を向け、

「だったら、アタシは二人が幸せになれるように……最後まで見届ける事にするよ」

僕達の背中を押すように、ニッと笑ってみせた。

千登世は別に、静音を嫌っていたわけじゃない。

ただただ僕達を、誰よりも心配してくれていただけなのだ。

「もしも何かあったら、アタシの事も頼ってね。晋ちゃんだけじゃなくて、静ちゃんもさ。相談役くらいにはなら、多少はなれるはずだから」

千登世は座席から立ち上がり、長机の列から通路へと抜けていった。

教室の扉に手を掛けると、千登世は思い返したように僕達の方へと振り返る。

「確認だけど、二人は付き合ってるわけじゃないんだよね？」

千登世は首を傾《かし》げて、僕と静音に素朴な疑問を投げかけた。

静音は首を左右に振り、僕は「付き合ってはない」と言葉ではっきりと否定する。

僕達の反応を見て、千登世はどこか安心したようにうっすらと口元を緩めた。

「だったら、まだちょっと安心かな」

そう言い残すと、千登世はノブを捻《ひね》って悠々と出ていった。


数分後、僕のスマホは一件のメッセージを受信する。

画面に表示された送信者名は、九条千登世。

『四人での焼肉パーティー、楽しみにしてるね』

肩の荷が下りて、僕はようやく安堵《あんど》した。

「……焼肉四人分、全額奢《おご》りかぁ」

近いうちに、予定を立てなければいけなさそうだ。

エピローグ

土曜日の十八時を過ぎ、空の色が温かなオレンジに染まる頃。

玄関の扉を開けると、そこには見慣れた二つの影があった。

「二人とも、随分と遅かったな」

「悪い悪い。値引きシールが貼られるまで粘ってたら、つい時間かかっちまった」

「けどその分、今日はご馳走《ちそう》だよー。何てったって、高級和牛だからねぇ」

「値引きされてたとしても、レシートの金額を見るのが怖いな……」

僕は扉を手で押さえ、二人を部屋の中へと招き入れる。

「おっじゃまするねー」

九条《くじょう》千登世《ちとせ》は小さなレジ袋を両手に持ったまま、実家に帰ってきたとでも言わんばかりに元気良くリビングへと小走りで向かう。

一方、商品がパンパンに詰まったレジ袋を両手に持っていた柳生《やぎゅう》浩文《ひろふみ》は、玄関に入るなり荷物を床に下ろして脱力した。

「らしくないな。体力には自信があるんじゃなかったのか？」

「酒を大量に買ってきたら、意外と重くってさ。スーパーからマンションまで地味に距離もあるし……」

「そんなに重いなら、千登世に手伝ってもらえばよかっただろ」

「それは男としてのプライドが許さん」

しょうもないプライドだ。

「とりあえず、休憩が済んだら浩文は買ってきた物を適当に冷蔵庫に入れてくれ。僕はコンロや食器の用意を始めちゃうから。それと、後でレシートはよこせよ」

「うへへ……いやぁ、悪いねぇ。こんなにもお高い肉をご馳走になる上、学内の美女二人とお食事を楽しめる場までセッティングしてもらっちゃって」

「ああ、遠慮するな。酒代は浩文持ちだし、たらふく飲んでくれよ」

「どして!?　全額晋助《しんすけ》持ちじゃねーの!?」

「肉代は奢るけど、余計な物の金は一切払う気ないぞ」

「貴様、謀ったなァ……」

「大量に買ってきたお前が悪い」

一升瓶とワインボトルの先端が丸々とはみ出たレジ袋を横目に、廊下で四《よ》つん這《ば》いとなって絶望する浩文を、僕はあっさりと切り捨てた。

人の金だと思って大量購入してきた浩文と千登世に、思わず呆《あき》れてしまう。

しかし、二人がつい調子に乗ってしまうわけも、今回ばかりは納得できていた。

「……まぁ、今日くらいは大目に見てやるか」

これから僕の部屋では、待望の焼肉パーティーが行われる。

土曜日は僕にとって、大学もバイトもない一週間のうちで唯一の完全オフ日。それに加えて千登世と浩文の予定も丁度空いていたため、今日が開催日として選ばれた。

僕はレジ袋の一つを手に持って、パーティーの準備を始めるべく足早にリビングへと折り返す。

「お前、来て早々に何やってるんだよ……」

「え？　スキンシップ」

「露骨に嫌な顔されてるぞ」

扉の先には、千登世がローテーブルの前に座る「先客」に背後から抱き付き、しつこく頬《ほお》ずりをしている光景があった。

先客は特に言葉を発さないが、その瞳は僕に「助けてくれ」と訴えかけている。

「もぉー。どうしてそんなに無反応なのかなー？」

「勉強してる相手に反応を求めるなよ。邪魔になるから」

「……本当に邪魔」

僕の注意に続いて、彼女はぶっきらぼうに本音を吐く。

黒を基調とした地雷系ファッションと、ハーフツインにヘアアレンジされた白髪が印象的なメンヘラ女子——琴坂静音《ことさかしずね》。

静音は千登世からのちょっかいに耐えながら、机上に広げられた参考書とノートに視線を落とし、勉強を再開する。

「全員揃《そろ》ったし、そろそろ静音も一段落つけていいんじゃないか？」

「ん……もうちょっと。……あと一問解いたら、キリが良い」

千登世と浩文がマンションに到着する前から、今日の静音は——いや、振り返れば今週の火曜日から、彼女は僕の部屋にいる時間の大半を勉強時間にあてていた。

今週の火曜日——僕、静音、千登世の三人が空き教室に集まった日。

当初の千登世は僕と静音の関係を好ましく思っていなかったが、各々が率直な思いを打ち明け合った事で、最終的には千登世に関係を受け入れてもらえた。

そして静音は、その日を境に意欲的に勉強に励むようになっていったのだ。

今は元々の夢であった小学校の先生を再び目指し始め、大学卒業と同時に実家を出る事を目標としているらしい。

夢を諦めて惰性で教職課程に必要な講義を受けていた数週間前と比べると、静音の精神面は短期間で飛躍的な成長をしたように思える。

「……ふぅ」

「終わったか？」

「うん。今日のノルマは、とりあえず」

静音は勉強道具を机上から片付け、背後から腹に手を回していた千登世を無理矢理《むりやり》に引き剝がすと、その場から立ち上がった。

「私、焼肉の準備してくる」

「勉強で疲れてるだろ？　それくらい僕がやるから、座って待ってろよ」

「大丈夫。やりたいからやるだけだし」

静音は「通い妻契約」の内容に則《のっと》り、今でも勉強の合間を縫って家事とイラスト練習を率先してやってくれている。

僕からは「契約内容を全てこなす必要はない」と言っているのだが、彼女は頑《かたく》なにこのルーティンだけは欠かさない。

ちなみに、「パパ活をしない」「自傷行為をしない」「何かあったら僕を頼る」という追加条件も、破る事なく守り続けていた。

静音はキッチンへと歩き出し、僕の横を通り過ぎる。

「……静音。準備に入る前に、ちょっといいか」

扉へと伸ばした腕を引っ込めて、彼女は僕の方に振り向いた。

「……どうかした？」

「静音に一つ、渡したい物があるんだ」

壁際に設置してあるハンガーラックへと足を進め、衣服類と一緒に掛けられたリュックサックの中からギフト用に包装されたプレゼントを取り出す。

「どのタイミングで渡すか迷っていたけど、どうせ渡すんだったら、今日みたいな日がいいかな……って思ってさ」

一切予期していなかった出来事を前に、静音は呆気《あっけ》に取られていた。

僕から歩み寄って彼女にプレゼントを直接手渡しても、どうにも状況を呑《の》み込めていない様子で、プレゼントと僕を交互に何度も見つめている。

「……これ、本当にくれるの？　私なんかに？」

しばらくすると静音は何とか状況を理解して、驚いた表情のまま僕に確認をしてきた。

「ああ。気に入ってくれるかは分からないけど……」

僕の返答に、静音はパァァと表情を明るくした。

「あ、開けて……いい？」

「勿論《もちろん》」

静音はゆっくりと丁寧に、包装を剝がしていく。

「これって……」

剝がされたギフト用の包装——その中身は、一枚の白いエプロン。

肩紐《かたひも》に裾、正面のポケットにはフリルが付いていて、形はシンプルであるものの全体的に可愛《かわい》らしいデザインをしている。

「僕と静音は『通い妻契約』を結んだわけだけど、あれって口約束のようなものだっただろ？　だから、何か一つくらいは『形』として残しておきたかったんだ」

「それで、エプロンをプレゼントしてくれたの？」

「ほら……静音っていつも、地雷系の服装のまま家事をやってくれてたからさ。料理とか掃除をしてる時に、汚れが付かないように……って思って」

手に持ったエプロンに、静音はもう一度目を向けた。

「今、着てみてもいい……？」

僕が頷《うなず》くと、静音は折り畳まれたエプロンを大きく広げて、肩紐に腕を通す。背後で腰紐をきつく結び、彼女は解けないか確認するためにくるりと一回転した。

いつの日だかに想像した静音のエプロン姿が、脳裏を過《よぎ》る。

地雷系ファッションとエプロンの組み合わせはミスマッチなのではないかと心配していたが、どうやら杞憂《きゆう》だったようだ。

派手な服装に家庭的なアイテムが加わった事で、彼女の雰囲気はいつもよりほんの少しだけ引き締まったように思えた。

「どう……かな？」

「ああ、似合ってる。……似合ってる、よな？」

選んだ本人としてはかなり似合っているように感じるが、僕のファッションセンスはそれほど高くない。

他の二人からも評価を得ようと、リビングに入ってきた浩文と床に座り込んだままの千登世に、僕は順に目をやった。

「うん、可愛いと思うよ。さすがは我が妹だねぇ」

「妹ではないだろ」

「分かんないよ？　アタシが晋ちゃんと結婚したら、義理の妹になるわけだし」

だとしてもならねぇよ。血の繋《つな》がりないし。

「うんうん、めちゃくちゃ可愛い！　にしても、晋助はやっぱりムッツリドスケベだったな。このタイミングで愛妻エプロンを渡すなんてよぉー？」

「ムッツリドスケベは余計だ。ていうか、結婚はおろか交際すらしていないのに、『愛妻エプロン』なんて普通は言わないだろ」

「けど、晋助と静音ちゃんが結んでるのって『通い妻契約』って言うんだろ？　それなら、『愛妻エプロン』でも合ってるくねぇ？」

言われてみれば、確かにそうだ。

契約名をもとにして考えれば「愛妻エプロン」と言っても、あながち間違ってはいないのかもしれない。

「……まぁいいや。とりあえず安心したよ」

似合っていなかったらどうしようと内心ヒヤヒヤしていたが、二人の反応からして、忖《そん》度《たく》なしに似合っていると評価してくれているようだ。

僕はホッと息を吐き、改めて静音へと視線を向ける。

「……静音？」

彼女の表情の変化に、僕は一瞬動揺した。しかし、それはネガティブな感情から生じた変化ではないのだと、数秒とかからず理解する。

「ごめん……嬉《うれ》しくって……」

喜びの感情から涙が溢《あふ》れ、それを静音は必死に抑えようとしていた。

顔を俯《うつむ》かせて右手で目元を擦《こす》り、左手ではエプロンの下端をクシュリと握る。

「別に、嬉し泣きくらい我慢しなくてもいいのに」

「だって……すぐ泣く女なんて、面倒臭いでしょ……？」

「そうでもないけどな」

静音の肩は、小刻みに震えている。

僕はそっと手を伸ばして、彼女の頭を優しく撫《な》でた。

すると、静音の震えは徐々に収まりを見せていく。

「……ありがとう。……私を必要としてくれて、本当に……ありがとう……っ」

掠《かす》れた感謝の言葉と共に、静音はゆっくりと顔を上げた。

擦った目元は赤く染まり、大粒となった涙が火照《ほて》った頬を滴っていく。

琴坂静音——友達であり、依存先であり、通い妻のような存在。

最初は先入観から苦手意識を持って静音と接していたが、そんな感覚は今はもうない。

互いが互いを必要とし合った末に生まれた、僕と静音の共依存関係。

だからこそ、彼女が僕に向けた涙ながらの笑顔には、同じように応えるべきだろう。

取り繕ったものではなく、あくまで本心で——

「僕の方こそ……こんな僕を必要としてくれて、ありがとう」

愛妻エプロンを着たメンヘラ女子に、僕は心からの笑顔で応えた。

あとがき

初めまして、花宮拓夜《はなみやたくや》と申します。

この度は本作『メンヘラが愛妻エプロンに着替えたら』をお手に取っていただき、誠にありがとうございます。

皆様の心に残る作品になっていたら、これ以上なく嬉《うれ》しいです。

そして、甘々なラブコメを期待して購入してくださった方は、ごめんなさい。

タイトルにもあるように、本作は「メンヘラ」を題材としています。

少しばかりデリケートな内容も含んでいるため、ライトノベルらしいラブコメとは若干毛色が違うかもしれません。

しかし、だからこそキャラクターと誠心誠意向き合いながら執筆にあたりました。

もし先にあとがきから読んでくださっている方、もう一度読み直す予定の方がいましたら、是非ともキャラクター達の「心の変化」に注目しながら本編を読んでみてください。

さて、本来であればもう謝辞を述べて綺麗《きれい》に締めたいところなのですが、このあとがきはもう数ページ続きます。

どうやらかなりページ数に余裕があるらしく、担当さんから「八ページの面白いあとがきを書いていただきたい」と頼まれてしまいました。

はっきり言って、かなり難易度高いです。小説を書くよりもしんどいです。

今は先輩作家さん達のあとがきを読んで勉強しつつ、これを書いています。ただ、やっぱり難しい。面白いあとがきを書ける作家さん、マジでバケモノです（褒め言葉）

受賞前はあとがきを書くのがちょっとした夢だったのですが、いざ自分がその立場になると何を書けばいいか分からなくなるものですね……。

とはいえ折角《せっかく》いただいた機会なので、面白さは一切保証できませんが、ゆったりと書かせていただきます。

というわけで、ページを埋めるためにも少し自分語りをしてみようと思います。

物心付いた頃からアニメが大好きで、幼稚園時代の夢はプリキュアになる事でした。

思い返せば、幼稚園の時にはすでに将来の方向性が決まっていたのかもしれません。

小学生では漫画家を目指し、中学生になってからはライトノベル作家に憧れを抱くようになりました。

そして中学三年生の頃から本格的に小説を書き始め、数年の月日を経て、この度ようやく念願のデビューを果たす事となったわけです。

アニメの視聴を許し、漫画やライトノベルを買い与え、立派なオタクになるための英才教育を施してくれた両親には、感謝してもしきれません。

余談ですが、自分はまだ二十代前半の若造です。しかしながら、最近は周囲の人達から「お前ってロリコンだよな」と言われる事が増えてしまいました。

別にロリコンが悪いとは思っていませんし、むしろ真のロリコンは決してロリには手を出さない、紳士そのものだと考えています。

ただ、これだけは言いたい。――決して自分は、ロリコンではないと。

確かに好きなキャラクターの大半は今や自分より年下ですが、彼女達は数年前まで自分よりも年上でした。

何年にもわたり愛し続けているだけなのに、キャラの年齢を超したら「ロリコン」と呼ばれるようになるのは、本当に納得できない。真のロリコンの方々にも申し訳ない。

時の流れの残酷さと共に、社会の理不尽さを痛感しました。

叶《かな》う事なら、中身はこのまま小学生に戻りたいです。

気を取り直して、ここからはちょっとした裏話をさせていただきます。

本作は、第二十七回スニーカー大賞にて《銀賞》を受賞し、ありがたい事に刊行する流れとなりました。

ぶっちゃけ、まさか受賞するなんて思ってもみなかったです。

題材がライトノベルらしくないですし、内容的にも受け入れてもらうには難しいのではないかと考えていました。

この作品を拾い上げてくださったスニーカー文庫には、一生頭が上がりません。ずっと土下座します。大好きです。愛しています。

ちなみにスニーカー大賞に応募した理由は単純で、スニーカー文庫の刊行作に好きな作品が多かったからです。

本作を応募したのは一昨年の大晦日だったのですが、あれから一年半以上経っているというのに、振り返ると今日まであっという間だったように感じます。

自分は前期の選考に応募していたため、三次選考の結果発表から最終選考の結果発表までの約九ヶ月間は、緊張のあまりまともに眠れない日々を過ごしていました。

当時は受賞と落選の狭間にいたので全く生きた心地がしていなかったのですが、今になっては幸せなひと時だったように思えています。

受賞後は担当さんとオンラインで打ち合わせを行い、プロットを作り、いよいよ本格的に執筆が始まりました。……が、担当さんには迷惑をかけっぱなしでした。

言い訳がましいですが、自分一人で気ままに書いていた応募者時代とは明らかに感覚が違い、変に気張ってしまって初稿は読むに堪えない出来となっていました。

そこから担当さんに色々とアドバイスを貰い、自分なりに勉強しまくってどうにか二稿を仕上げたのを覚えています。

二稿を読み終えた担当さんから「短期間でここまで上達するとは！」と褒めていただけた時は、涙が出るほど嬉しかったです。

最終的には四稿まで推敲《すいこう》し、ようやく大きな作業を終えたのですが、今までの人生の中で最も達成感がありました。

とまぁ、こうして何とか刊行まで持っていく事ができましたが、正直な話、現段階では自身の書きたかった内容の半分しか書く事ができていません。

なぜかというと、刊行にあたり本作の基盤となった『メンヘラ少女の通い妻契約』の内容をかなり深掘りしたため、本来書きたかった結末を先送りにしたからです。

つまり、二巻の刊行によって自身の書きたかった「一巻分」の内容が完成します。

二巻を刊行させてもらえるかは分かりませんが、本当に続きを書きたいです。

……マジで応援よろしくお願いします（震え声）

本作を書き上げるにあたって、執筆期間中は「メンヘラになってしまった時、どのようにして乗り越えていけばいいか」を、自分なりに考え続けていました。

この先はややネタバレ要素を含みますので、あとがきから読んでくださっている方はご注意ください。

様々な問題が蔓延《はびこ》っているこのストレス社会、いつ誰がどのような理由で心を病んでしまうかは分かりません。

悩みはなかなか尽きませんし、漠然とした不安や孤独感に苛《さいな》まれてしまう事もあると思います。

心の余裕は状況によって大きく変わり、他者からしたら「そんな事で？」と思うような些細《ささい》な出来事であっても、ひどく病んでしまう場合だってあるでしょう。

偉そうな事は決して言えませんが、本当に辛《つら》くなった時は、無理せずゆっくり休んでください。自分自身を大切にしてください。

色々と考えていく中で、メンヘラになってしまった時に大切なのは、しっかりと心を休める事なのだろうと改めて感じました。

そして、自分にとっての「支え」を探してみてください。それはきっと、メンヘラになってしまった際の逃げ道にもなるはずです。

今の悩みや鬱屈をすぐに解決するのは難しいかもしれませんが、きっかけ一つで人生は好転するものだと、若輩者ながら自分は考えています。

琴坂静音《ことさかしずね》は作中、愛垣晋助《あいがきしんすけ》と出会った事により少しずつメンタルを回復させていきました。しかし、きっかけは人との出会いだけではありません。

夢中になれる趣味、叶えたい夢、やりがいのある仕事――きっかけになり得るものは至る所に転がっていて、巡り合えた時、それは大きな支えとなってくれるでしょう。

自分の場合、ちょっとした事で思い悩みメンヘラ状態に陥ってしまう時が度々ありましたが、無意識のうちにメンタルが回復している事が多かったです。

その理由を考えた時、地元で出会った数少ない友達の存在と「小説家になる」という夢が、自身の心を支えてくれていたのだと気が付きました。

友達との会話、小説の執筆が、メンヘラになった際の逃げ道となっていたのです。

支えは多いに越した事はありません。もしもメンヘラになってしまった時は、無理せず休みながら、自分を支えてくれる「何か」を増やしてみてはいかがでしょうか。

それではそろそろ、謝辞を述べさせていただきます。

初めに、担当編集のナカダ様。

ナカダ様の的確なアドバイスがあったからこそ、本作の魅力をさらに引き出す事ができたと思っています。

右も左も分からなかった自分を刊行まで導いてくださり、ありがとうございました。引き続き、よろしくお願いいたします。

次いで、イラストを描いてくださったNardack《ナルダク》様。

担当さん経由で初めて琴坂静音のキャラデザを見せていただいた際は、「静音だ、本物の静音がいる！」と大興奮していました。

キャラクター達を素敵に描き上げてくださり、本当に嬉しかったです。ありがとうございました。

続いて、本作の限定版でコラボをしていただいた寺田《てらだ》てら様。

静音のデフォルメイラスト、最高に可愛《かわい》かったです。コラボを引き受けてくださり、ありがとうございました。

また、この作品を《銀賞》に選んでくださった編集部の皆様、選考委員の春日部《かすかべ》タケル先生、長谷敏司《はせさとし》先生、出版に携わっていただいた皆様、両親と祖父母、自分の夢を応援してくれていた地元の友達にも、感謝を伝えたいです。ありがとうございました。

最後に、本作を読んでくださった皆様。

冒頭でも感謝を述べましたが、もう一度言わせてください。本作を手に取っていただき、本当にありがとうございます。

今後も全力で頑張っていきますので、応援していただけると嬉しいです。

機会がありましたら、またどこかでお会いしましょう。

花宮拓夜

メンヘラが愛妻《あいさい》エプロンに着替《きが》えたら

著　花宮拓夜《はなみやたくや》

角川スニーカー文庫　23444

2022年12月1日　初版発行

発行者　山下直久

発　行　株式会社KADOKAWA
〒102-8177 東京都千代田区富士見2-13-3
電話　0570-002-301（ナビダイヤル）

印刷所　株式会社暁印刷
製本所　本間製本株式会社

Printed in Japan　ISBN 978-4-04-112990-6　C0193

★ご意見、ご感想をお送りください★

〒102-8177 東京都千代田区富士見 2-13-3
株式会社KADOKAWA　角川スニーカー文庫編集部気付
「花宮拓夜」先生
「Ｎａｒｄａｃｋ」先生

【スニーカー文庫公式サイト】ザ・スニーカーWEB　https://sneakerbunko.jp/

本書は、第27回スニーカー大賞で銀賞を受賞した「メンヘラ少女の通い妻契約」を加筆修正したものです。

角川文庫発刊に際して

角川源義

第二次世界大戦の敗北は、軍事力の敗北であった以上に、私たちの若い文化力の敗退であった。私たちの文化が戦争に対して如何に無力であり、単なるあだ花に過ぎなかったかを、私たちは身を以て体験し痛感した。西洋近代文化の摂取にとって、明治以後八十年の歳月は決して短かすぎたとは言えない。にもかかわらず、近代文化の伝統を確立し、自由な批判と柔軟な良識に富む文化層として自らを形成することに私たちは失敗して来た。そしてこれは、各層への文化の普及滲透を任務とする出版人の責任でもあった。

一九四五年以来、私たちは再び振出しに戻り、第一歩から踏み出すことを余儀なくされた。これは大きな不幸ではあるが、反面、これまでの混沌・未熟・歪曲の中にあった我が国の文化に秩序と確たる基礎を齎らすためには絶好の機会でもある。角川書店は、このような祖国の文化的危機にあたり、微力をも顧みず再建の礎石たるべき抱負と決意とをもって出発したが、ここに創立以来の念願を果すべく角川文庫を発刊する。これまで刊行されたあらゆる全集叢書文庫類の長所と短所とを検討し、古今東西の不朽の典籍を、良心的編集のもとに、廉価に、そして書架にふさわしい美本として、多くのひとびとに提供しようとする。しかし私たちは徒らに百科全書的な知識のジレッタントを作ることを目的とせず、あくまで祖国の文化に秩序と再建への道を示し、この文庫を角川書店の栄ある事業として、今後永久に継続発展せしめ、学芸と教養との殿堂として大成せんことを期したい。多くの読書子の愛情ある忠言と支持とによって、この希望と抱負とを完遂せしめられんことを願う。

一九四九年五月三日

彼女が先輩にNTR《ねとら》れたので、先輩の彼女をNTR《ねとり》ます
一緒に浮気《しかえし》しましょう?
震電みひろ
illustration 加川壱互

大学一年生一色優は、彼女のカレンが先輩の鴨倉と浮気している事を知る。
衝撃のあまり、鴨倉の彼女で大学一の美女・燈子に「俺と浮気して下さい!」
共犯関係から始まるちょっとスリリングなラブコメ、スタート!?

スニーカー文庫

君の紡ぐ物語で
世界を変えよう。
第29回
スニーカー大賞
作品募集中!
大賞 300万円
+コミカライズ確約
金賞 100万円
銀賞 50万円
特別賞 10万円
締切必達!
前期締切
2023年3月末日
後期締切
2023年9月末日
詳細は
ザスニWEBへ
https://kdq.jp/s-award
イラスト／左